香港居

劉以鬯 著

獲益出版事業有限公司

版權所有 • 不准翻印

鳴謝：本書封面承蒙江啟明先生提供
素描作品，特此致以萬分謝意。

香港居（獲益文叢）

著　　者：劉以鬯
封面素描：江啟明
封面設計：保　蓮
主　　編：黃東濤（東瑞）
督 印 人：蔡瑞芬
出　　版：獲益出版事業有限公司
香港九龍土瓜灣道94號美華工業中心A座8樓11號室
HOLDERY PUBLISHING ENTERPRISES LTD.
Unit 11, 8/F Block A, Merit Industrial Centre,
94 To Kwa Wan Road, Kowloon, H.K.
Tel: 2368 0632　　Fax: 3914 6917
版　　次：二〇一六年七月初版
二〇二二年十月四版
國際書號：ISBN 978-962-449-581-2

如有白頁、殘缺、或釘裝錯漏等，歡迎退換。

1

從南洋歸來，第一件事，就是找房子。

「在香港，」一位老友告訴我，「找老婆不難；想找一個理想的住所，如果你不很富有的話，那就非常困難了。」

香港人口稠密，最珍貴的東西，不是愛情，而是地產。為了這個理由，建築商不得不向高空發展了。縱然如此，香港「住」的問題，始終無法獲得合理的解決。新建成的徙置大廈，比比皆是；然而人口簡單的家庭，却是無法享受的。我有一妻一女，平日依靠賣文為生，手頭沒有餘錢頂一層樓，也沒有勇氣做包租，唯一的解決辦法——向別人租一間面積不太大可也不能太小的梗房。

照說，找這樣的一間梗房，不應該有甚麼困難；但是事實却不然，儘管「分類廣告」裏天天有梗房出租的廣告刊出，可是走去「參觀」過後，「失望」似乎是必然的結果。

我和妻在南洋的時候，從未考慮到「住」的問題，以為香港新建築如此之多，找一層樓或一間梗房，應該是輕而易舉的。

可是，當我們奔走了三天還不能找到一間比較合適的梗房時，我們才體會到這個問題並不如我們想像中的容易解決。

在最初的三天中，我們一共看了三十幾間梗房，有的租金雖廉，但面積太小。有的面積雖大，但租金太貴。有的孩子太吵，有的伙數太多，有的如廁限定時間。有的沒有工人房。有的包租婆黑口黑面，叫人看了心驚肉跳。有的廚房太小。有的窗戶少，光線黝暗。有的一天不准沖兩次涼。有的不准自己開伙食。有的不准用六十火以上的燈胆。有的整天打麻雀。有的整天收聽「麗的呼聲」。有的……總之，問題之多，完全出乎我們意料之外。

我們必須繼續在酒店住下去。

妻開始擔憂了，認為：長住酒店，不能自己開伙食，不但開支大；抑且靜不下心來工作。

「你是一個職業寫作人，」她說：「但是你已經很多天沒有執筆了；再這樣下去，收入全無；而支出又無法減少，總有一天要借債過日子了。」

我嘆息一聲，祇好用安慰的口氣對她說：「不要擔心，我不相信這麼多的新樓，會找不到一間合適的梗房。」

這天晚上，我打開「星島晚報」，在分類小廣告中，看到了這樣一則廣告：

梗房分租

××道72號四樓有潔靜
光亮大梗房分租水電衛廚
電話全備合簡單小家庭
電××××× 潘洽

我將報紙交與妻觀看，妻亦認為合適。

第二天，我們吃過早餐，立刻搭乘巴士去到××道七十二號四樓。

出乎我的意料之外，那包租公，竟會是我的舊日同學。他姓潘，名叫承富。我們已經有七八年沒有見面了。他比從前胖得多。

一見我，忙不迭將我拉入客廳。大家坐定後，承富吩咐工人端茶。我們開始互道別後的情形，聽口氣，他的環境似乎還不錯，只是並沒有說明他目前的職業是甚麼。

最後，談到租房的事，他說：

「眞是再湊巧也沒有了，如果你們搬來居住的話，我們一定可以相處得很好。我本來不打算將後邊那間房子出租的，祇因白天我常常出街，太太一個人躭在家裏，未免太清靜些，所以決定分一間出去，大家也好有個照應。前兩大，廣告刊出後，來看屋的人着實不少；但是都不合我們的意，所以一直沒有收別人的定金。你要知道，我的太太不喜歡與教育水準太低或者子女太多的房客同屋居住。現在，你們來了，實在是非常理想的一件事，連做夢也做不到的。」

聽了這一大段「獨白」後，彷彿這房子已經非租不可了。我正欲「落定」，妻插嘴問：

「潘先生，我們能夠看看那間房嗎？」

潘承富就立即堆上一臉阿諛的笑容，點點頭，說：「當然可以！當然可以！」

說罷，站起身來，帶領我們走過冷巷，進入尾房。這是一間10×12的梗房，剛剛油過，有兩扇南窗，光線相當充足。

承富講了許多關於此房的優點，每一句都帶些誇張。妻似乎有點厭煩他的嘮叨；但是對于房間本身倒十分滿意。

因此，我問承富：「租金多少？」

承富似乎不好意思開口；嘿嘿地笑了幾聲，然後期期艾艾的對我說：

「我們是老同學，祇要你看得中意，關于租金的事總有得商量。老實說，我並不是因為等錢用，才將尾房分租出去。」

話雖如此，我還是希望他能够把租金的數目講出來。他聳聳肩，嘿嘿笑了兩聲，說：

「其實，香港一般租金都是差不多的，像這樣一間10×12的梗房，通常最少也要二百三四十塊，不過，我們是老同學，而且我也不是因為等錢用才租出去的，所以這樣罷，算個整數，祇收你們兩百塊，包括水電在內，電話與客廳隨時都可以借用。」

我斜眼對妻看看，用眼神徵求她的意思，等她點了頭，才掏出五十塊錢「落定」。承富非常客氣，怎樣也不肯收受；但經不起我一再慫恿，他就在自己的名片上寫幾個字作為收據。他問我：

「準備甚麼時候搬來？」

我說：「我們現在住在酒店裏，一切都不方便。」

他略微一停頓，說：「何不今天就搬來，反正房子空着。」

「那是再好也沒有了。」我說。

事情就這樣決定。我和妻帶着莉莉先去中環取欵，買家具；然後趕回酒店，收拾行李，付賬，到樓下餐廳吃飯。飯後，雇車去承富處。承富和他的太太都不在家，好在他們的工人亞笑也知道這件事，早已將房間打掃乾淨了。妻對亞笑的印象頗好，因為不願意叫她白白幫忙，所以當家具店將幾樣必要的家具送來後，妻就暗中塞了五塊錢給亞笑。亞笑高興極了，捲起衣袖，幫我們洗抹打掃。

傍晚時分，我們總算有個「家」了。妻將一切安排妥當後，坐在沙發上透氣休息。我說：「大家都累了，不如早些出去吃晚飯，也好早些回來安睡。」

她點點頭，說：「吃過飯，我們應該到銅鑼灣去買些厨房用具回來。外邊吃東西不衛生，打從明天起，我們自己開伙食。」

提到「開伙食」，問題就來了：誰去買餸？

莉莉才四歲，沒有人看顧，很容易闖禍，我自己則忙於寫作，抽不出時間來照顧她。

妻說：「我們在其他方面節省一點，不如請一個工人吧。」

我在原則上並不反對這個建議；只是不知道潘承富肯不肯同意。

當天晚上，我們在銅鑼灣買了不少沙煲鑊鏟之類的東西，回到家裏，潘氏夫婦已經回來了，承富在客廳裏閱讀晚報，他的太太在收聽「香港電台」轉播任，白，波演出的大戲。

承富放下晚報，笑嘻嘻問：「你們搬來啦？」我說：「今後要打擾你們了。」承富說：「我們是老朋友，還談這些。」

接着，承富就跟我們介紹他的太太。

承富的太太長得相當美，只是十分庸俗，臉上搽着太多的脂粉，說話時聲音很尖。承富在太太面前，老是笑得見牙不見眼。

當我向承富透露想請工人的意思時，他的太太忽然拉下臉子，「嗒」的一聲扭熄收音機，用雞叫似的聲音嚷：

「這怎麼可以？」

聽了這句話，我不覺猛發一怔，楞了半晌，才期期艾艾地問：

「為甚麼不可以？」

潘太「盪氣迴腸」地長嘆一聲，閃閃黑而亮的眸子，說出一篇大道理：「唉！你們剛從南洋來，不清楚這裏的情形。從前，祇要有錢，走到薦人館去，隨便你挑，帶細佬哥的，煮飯洗衫，專門打雜的，甚至一腳踢的，要甚麼有甚麼，如今啊，工人起市了，有氣力的個個進廠做工去，不但薪水大，而且可以不必受事頭的閒氣，消遙自在，誰還願意出來打住家工呢？講到我家亞笑，叫做大家已經有了感情，寧可放棄大人工，在這裏勉為其難地做下去。所以，在這種情形下，如果你們也請工人的話，亞笑是一定要走的。你們應該知道，牙齒有時候也會咬痛舌頭的，一間屋請了兩個工人，遲早終歸要出事的。」

潘太像演講似的說完這一番大道理，連聲音都由尖轉啞了，連忙走去拉開雪櫃，斟一杯雪水，仰起脖子，骨嘟骨嘟的一陣子牛飲。

承富用含有歉仄的目光對我一瞅，我則無意引起潘太的第二篇大道理，側過臉去，對妻看看，妻却理直氣壯地開口了：

「莉莉才四歲，沒有工人照顧，叫我們怎能放得下心？」

潘太兩眼一亮，放下手裏的水杯，想了想，若有所悟地說：「這樣罷，反正我們人少，不如請亞笑得空時幫你們照顧一下莉莉。」

「亞笑肯嗎？」我問。

潘太扁扁嘴，說：「亞笑出來打工，無非想多賺幾個錢，祇要我們加她一點人工，當然會答應的。」

「你們現在給她多少？」

「一百。」

「如果我們請她照顧一下莉莉，你看應該再加多少？」

潘太略一沉吟說：「再加二十，諒必亞笑也該心滿意足了。」

「二十？會不會太少了點？」

「不少了。」

「嗯，這樣也好，省得請了兩個工人，天天看她們吵架。再說，我們每個月出二十塊錢，當然比請一個工人慳得多；而亞笑方面，能够多賺二十文，一定也會高興。」

不料，潘太忽然吊高嗓子說：「你弄錯了！」

我不覺又大吃一驚，忙問：「我弄錯了嗎？」

潘太微微一笑，答：「我的意思是大家合請一個工人。」

我「哦」了一聲後，問：「那末亞笑的人工怎樣算法？」

「當然是一家一半了。」

「每家六十？」

她搖搖頭，舉杯又呷了一口雪水，然後慢條斯理地說：「亞笑本來的人工是一百，我們一家負担一半，你們出五十，我們也出五十，至於另外那二十塊錢，完全是因為要亞笑照顧莉莉的費用，所以應該由你們來負担。」

換一句話說：我們出七十，他們出五十。

這是甚麼算盤？我回頭對妻看看，妻的表情似乎不很自然。我本擬據理力爭，但是由於剛剛搬來，不好意思立刻抓破臉孔。我祇有忍氣吞聲地說：

「關于這件事，還是讓我們考慮一下吧。」

潘太撇撇嘴，用鄙夷不屑的目光對我一瞅，唯恐我們不明白她的意思，竟不厭其煩的重覆加上這麼幾句：「我絕對不允許一屋請兩個工人，如果你們家莉莉一定要找人照顧的話，祇有這個辦法。」

聽了她的話，我完全拿不定主意。正感躊躇間，忽然有人按門鈴，走去一看，原來是缸瓦舖的夥計送厨房用具來。我趁此離開客廳，將那些用具安放在厨房裏。回入臥房，妻輕輕掩上房門悄聲對我說：

「她怎麼這樣不講理？」

我極力勸她忍耐，因為承富是熟人，萬一為了這些小事爭吵起來，大家臉上都不好看。

但是妻問我：「那末，你的意思怎麼樣？」

我說：「莉莉是一定要人照顧的，再說，你的身體也不太強壯，花七十塊錢請一個工人，也還合算。」

「合算？花七十塊錢請半個工人，還說合算？」

我無語。

有人輕叩房門，原來是承富。

「有甚麼事嗎？」我問。

他眼睛充滿歉仄的神情，想說話，喉嚨口彷彿被甚麼東西梗塞似的，總說不出來。經過幾番欲言又止後，他將我拉到一邊，用蚊叫似的聲音對我說：

「這件事，我實在不好意思說出口。不過，內子的性格就是這樣的，我一時也說不上來。……」

我看他臉上的表情很尷尬，知道他一定有甚麼事不好意思開口，於是堆上一臉笑容催問他：

「承富，你有甚麼話，儘管講出來好了。你我是多年的老同學，還有甚麼不好講的？」

「這是內子的意思，」承富期期艾艾地對我說：「她……她不……不希望你們自己開伙食。」

聽了他的話，心一沉，彷彿觸電似的，驀地感到一陣痲痺。我側過臉去，對妻看看，妻的表情也頗為尷尬，呆呆的，連剛才那一點笑容也僵住了。

半晌過後，妻用近似揶揄的口氣問：「潘先生，如果不能開伙食的話，難道要我們每一餐都到外邊去買飯吃？」

承富立刻皺皺鼻子，笑得非常纏綿，故意將嗓子壓得很低很低：「內子的意思是……」

接着是一陣難堪的噤默，妻與我祇管瞪大了眼睛，屏息凝神地聽他講下去。

承富似乎不好意思將話語講出來，可是又不能不講。經過幾番欲言又止，終于說出這樣幾句：

「內子最怕厨房多人，所以她希望……她希望你們搭我們的伙食。」

「搭你們的伙食？」我問。

承富的笑容裏含着歉意：「反正我們兩家合請一個工人，一起吃，比你們另外開伙食實在方便得多。」

「那末，能不能讓亞笑一人煮兩家的飯？」

「唉，何必多此一舉呢？再說，亞笑祇有兩隻手，要她每餐煮兩家的飯，事實上，也有困難。」

「既然她忙不過來，為甚麼不讓我們自己去煮？」

「我不是剛才已經說過了，內子怕厨房裏人多。」

妻的臉色很不好看，圓睜雙目瞅着承富的臉，雖然不出聲；但是我知道她心裏絕對裝不下這麼多委屈。

為了不使事情弄僵，我試探地提出一個問題：「如果我們搭你們的伙食，費用應該怎樣計算？」

「大家都是熟人，現在不必談。伙食究竟不同房租，毋需上期繳錢，儘可等到月尾平均分攤。」

「還是先小人後君子的好，免得將來麻煩。」

承富略一沉吟，皺皺眉，似笑非笑地祇管楞着看我，然後細聲說：

「我也是一個直心直肚腸的人，有話說在前頭也好。這樣罷，你們兩公婆，每人每月九十元。」

「莉莉呢？」

「莉莉是小孩子，算六十吧。」

我低着頭，不出聲，也不作任何表示。

妻也低着頭，不出聲，不作任何表示。

承富已將來意說出，咧嘴笑笑，說聲：「你們慢慢考慮考慮」，走了。

承富走後，妻立刻鎖上房門，將我拉到窗邊，悄聲埋怨起來：

「這是甚麼話？租了房子連伙食都不能開！照他所說：房租二百，工人七十，伙食二百四……我們租這麼豆腐乾一般大的梗房，每個月得繳五百十塊錢！」

妻說話時，氣呼呼的，臉色激怒得有點發紅。我怕她越說越生氣，給承富他們聽到了，很不好意思，所以急着用話勸慰她：

「一切都怪我不好，你別生氣。事已至此，反悔已成多餘。好在這房間倒還清靜，暫住一兩個月，先把心緒安定下來，然後再作其他打算。」

「暫住一兩個月？」妻顯然不同意我的決定：「我們剛剛付了一個月上期與一個月按金。如果我們衹打算住一個月的話，你就該現在去向他們退屋了。」

「這……這怎麼好意思？我們今天才搬來。」

「你若不好意思跟他們講的話，我們在這裏最少得住上兩個月。」

我不願意激起妻的情感，唯有用嘆息作答。莉莉坐在一旁，頻頻用手背掩在嘴前打呵欠，妻才意識到牀還沒有鋪好，於是性急慌忙地走去打開皮箱，取出牀單和毛毡。

第二天早晨，我們剛起身，沒有洗臉，亞笑匆匆走來，說是馬上要到街市去買餸了，問我們要買些甚麼早餐。妻問：「樓下士多有沒有鮮奶？」亞笑說：「鮮奶要直接向牛奶公司去定，士多衹有煉奶。」妻說：「那末，請你買一罐煉奶，半磅牛油和一磅麵包。」

亞笑走後，我悄聲問妻：「我們付了二百四十伙食費，難道連早餐都要自己掏腰包？」

妻不作任何表示，衹顧坐上梳妝台去梳頭。一會，亞笑回來了，細聲告訴妻：「潘先生在外邊過夜，直到今天早晨才回來。」

這是一件相當有趣的新聞；但是妻素來不喜歡管閒事，聽了，不露驚詫之情；也不願意繼續追問。

中午，亞笑將飯菜擺好，走進來叫我們去吃飯。妻正正臉色，悄悄對我說：「每天要兩次懷着赴宴的心情去吃飯，吃了下去，恐怕也不會長肉的。」

我笑笑，硬着頭皮走入客廳。承富一見我們，立即很有禮貌地站起來，邀我們同桌而坐。

這是一隻小圓枱，鋪着潔白的枱布。枱上放着三菜一湯：一碟煎紅衫魚，一碟肉絲炒芽菜，一碟鹹菜炒墨魚，中間放着一碗豆腐湯。

從表面上看來，這是三菜一湯，但質劣而量少，實在是不够吃的。再說，妻從小不吃芽菜；而莉莉又最憎鹹菜，賸下來的衹有那碟紅衫魚了。莉莉怕羞，不肯自己舉箸。妻無意讓莉莉捱餓，正欲代夾時，潘太太就用迅雷不及掩耳的手法將整個魚頭夾了去；接着，潘先生也不甘示弱，居然「大刀濶斧」地將魚尾也夾掉了。留下來的，是一塊多刺的魚背。莉莉喜歡吃魚，却不善於剔出魚骨，常常吃到一半，魚刺梗住喉嚨，弄得連飯都吃不下去。為了這個緣故，妻衹可以替她撥些豆腐湯撈飯。

莉莉不懂事，竟嘩啦嘩啦地嚷起來：「我不要吃湯！我不要吃鹹菜！」

這一嚷，嚷得我非常不好意思，恨不得身旁有口井，立刻咬牙跳了下去。

承富知道我們受窘了，馬上站起身來，走去拉開雪櫃，取出一小碟玫瑰腐乳。

「這腐乳」，他笑嘻嘻的對我說：「是一位朋友從外地帶來的，非常可口，你們嚐嚐。」

我對那碟腐乳看看，連忙搖搖手，請他不必拿出來。但是，那位潘太太却在這時候開口了：

「這是我的私家餸，你們歡喜，不必客氣，儘管夾來吃好了。」

我笑得很尷尬，承富也笑得很尷尬。

就在這時候，莉莉忽然又嚷了起來：「我不要吃腐乳！」

妻立刻放下筷子，唯恐莉莉說出更難聽的話來，即刻將她抱入臥房。

承富陪着歉意的笑容，問：「不知道莉莉喜歡吃些甚麼，晚上讓我叫亞笑去買。」

我搖搖手，說：「小孩子不懂事，請勿介意。」

承富又說了一大堆客氣話，我連「招架之功」都沒有了。這餐飯就在這難堪的空氣中草草吃過，大家都沒有吃飽。妻到樓下去買了一罐「蔬菜湯」上來，叫亞笑煲熱了，給莉莉當飯吃。

「蔬菜湯」煲好，亞笑冉冉端來。妻問她：

「亞笑，你今天買多少錢餸？」

「兩文。」

妻略一沉吟，兩隻眼睛骨溜溜的一轉，自言自語地說：

「我們每月付出伙食費一共二百四，平均每日八文，每餐四文，照剛才吃的菜算起來，他們不但白吃我們的；還要每餐賺我們二文。」話語剛說完。客廳裏忽然傳來一陣吵架聲。

潘承富與潘太在客廳裏吵架。

兩人各不相讓，你一句，我一句，連最難聽的話都罵了出來。

潘承富用裂帛似的聲音怒叱：「是的，昨天晚上我跟她睡在一牀！怎麼樣？」

潘太用雞叫一般的聲音咆哮：「衰公！你想死喇！整整三年，你沒有賺過一個斗零回來，家裏的開支，全靠我一個人調排，不肯乖乖地躭在家裏坐吃，偏偏要到外邊去尋花問柳！」

這幾句話可把潘承富氣得雙腳亂跺了：「你不要胡說八道，這門口幾時由你來調排過的，你靠甚麼去賺錢？靠你的臭×？」

潘太「哇」的一聲哭嚷起來了，嘩啦嘩啦的，像唱時代曲一般，有板有眼地將嗓子提得很高：

「你這個沒有良心的東西！吃我的，穿我的，用我的，却偷偷地走到外邊去跟別人睡覺！……」

接着是摔碎花瓶的聲音，但不知是承富摔碎的？抑或是潘太？

接着是「拍拍」兩下，不知道誰摑了誰的面頰？

接着是兩人扭在一起毆打了。

妻拉拉我的衣角，悄聲說：「快出去勸勸吧！要不然，會鬧出事情來的！」

於是，啓開門，匆匆走入客廳，眼看潘氏夫婦瘋狂地扭作一團，一個拳打；一個腳踢，鬧得不成個樣子，沒有辦法祇好硬着頭皮衝上前去，橫拉豎扯，費盡氣力才算將他們勸開。

亞笑忙不迭絞了一把手巾給潘太抹汗，潘太哭得更凶，邊哭，邊罵，儘管妻和亞笑說盡好話，也平不下她的氣。她罵承富是個沒有出息的男人，自己沒有本事賺錢，專吃拖鞋飯。承富不服氣，厲聲疾氣的為自己分辯：

「我幾時用過你一個斗零？就說那隻鑽戒吧，也是我送給你的！」

潘太驀地抬起頭來，兩眼一瞪，唾沫星子到處亂噴：

「既然送給我了，為甚麼又要拿出去變賣？」

「你是我的老婆是不是？」

「但是那鑽戒是我的！」

「難道老婆的東西，做丈夫的連動都不可以動？」

「做丈夫的人總不能拿老婆的東西變賣了，出去玩別的女人！」

「戒指是我出錢買的，我愛怎樣就怎樣，你管不着！」

承富有些理屈詞窮，只管吊高嗓子，聲音越說越大，潘太不甘示弱，拍手跺腳的破口大罵，兩夫婦像鬥雞似的，相持不下。

在這種情形裏，作為和事佬的我，唯有將承富拉到外邊去，以免他們繼續針鋒相對。走到樓下，對街有間小咖啡店，我就拉他進去，喝杯水，希望藉此將他的怒氣平息下來。坐定後，承富發了半晌楞；然後感慨繫之地長嘆一聲，說出了他與潘太之間的「往事」。

「她本來是中環一家百貨商店的賣貨員」，承富說：「我認識她已有三年，第一次見面，她就答應了我的邀請，我們到夜總會去吃飯跳舞，直到深夜過後才送她回家。第二次約會，是在一個公眾假期的下午。我們駕車到新界去遊車河，抵達龍容時遇到一陣大風大雨，我乘機要求她在容龍別墅寄宿一宵，她不反對。迨至第三次見面時，我送她一隻鑽戒，她收受了。」

「那鑽戒一定是作為訂婚之用的？」我問。

承富點點頭，繼續說下去：「我的初意也是如此，不過，我們並沒有舉行任何結婚儀式。」

「為甚麼？」

「唉！你也許會記得，我在學校裏讀書的時候，鄉下早已有了老婆。」

「現在她還在鄉下？」

「去年患了一場急病死掉了。」

承富又嘆了一口氣，從衣袋裏掏出一包「好彩」，遞一枝給我，自己也啣一枝，我問：

「承富，我們雖然是老同學，但是有一句話不知道可不可以問你？」

「你儘管問好了，我決不會見怪的。」

「剛才尊夫人說你三年沒有做事了，是不是？」

承富沉吟半晌，一連吸了好幾口煙，然後似笑非笑地，用充滿哀愁的目光對我一掃，說：

「認識她的時候，我的環境很好；後來，因為生意不順利，將手上的一些現金蝕去不少。這一兩年來，我的運氣一直沒有好轉。」

「既然如此，為甚麼還要出去玩女人？」

「我那裏還會有這種心情。」

「但是尊夫人剛才不是為了這件事跟你吵架的？」

承富皺皺眉，面呈蕭索之情，很持重地想了想，對于我的問題不作正面答覆，只是訕訕地換了另外一個話題：

「我的事情談得太多了，還是談談你吧，你在南洋一定很得意？」

「文化人在南洋是不會有甚麼發展的，不過，那邊的生活方式比較簡單，衣食都極隨便，謀生容易。」

承富沒有將他與「那個女人」的關係告訴我，當然是有其難言之隱的。從這一次短短的談話中，我總算對承富的情形，有了個概念。飲完咖啡，承富說另有約會，匆匆與我分手。我回到樓上，潘太還在抽抽噎噎的哭泣，只是火氣沒有剛才那麼盛了。妻見了我，立刻對我使一下眼色，要我回房寫作，不必向潘太報告「調解」經過。

我回入房內，先安排莉莉午睡；然後坐在寫字枱前執筆寫稿。

約莫半小時過後，妻躡足走來，說是潘太已經穿了紅紅綠綠的旗袍，到「姊妹淘」家裏打牌去了。

妻問我：「潘先生對你說了些甚麼？」

我當即將承富告訴我的事情轉述給她聽，她聽過後，立刻講出一個秘密。

「你道潘先生的『那個女人』是誰？」她問。

我搖搖頭。

妻頓了頓，故作神秘地壓低嗓子說：「潘先生鄉下還有一個老婆，不過已經死去了。」

「這些我全知道。」

「但是，」妻說：「還有一件事情潘先生並沒有告訴你。」

「甚麼？」

「就是潘先生的『那個女人』。」

「你知道『她』是誰嗎？」

「當然。」

「她是誰？」

「她就是潘先生前妻的親妹。」

這句話使我感到詫異，又極好奇。承富似乎並不愛他的前妻；而且目前的環境也並不太好，既然有了現在這位太太，就不應該再與前妻的妹子暗中來往。

「他沒有理由這樣做。」我說。

妻微微一笑，說：「這裏邊當然另有道理。」

「你知道嗎？」

妻點點頭，說：「事情這樣的，潘承富年青時背家離井來港求學，他的母親抱孫心切，竟沒有徵求他的同意，就托媒人替他說合了一個女人。學期終了後，承富搭乘火車回鄉，母親就迫他成親。他不肯，母親以自盡要脅。沒有辦法，承富衹好與一個從未謀面女人拜天地。那女人姓徐名玉香，讀過幾年書，才學不高，為人倒十分賢淑。但是承富對她早已有了成見，結婚後，玉香百般奉承他，却始終討不到他的歡心。不久，假期屆滿，承富繼續來港求學，每年回去兩次。後來，承富結識了周小瓊——就是現在的太太，兩人一見鍾情，沒有做甚麼手續，就宣告同居了。周小瓊曾經一再要求承富去註冊；但是承富不肯，因為他鄉下還有一位老婆。」

「徐玉香死去後，潘承富應該可以答應周小瓊的要求了？」我問。

妻噓口氣，說：「徐玉香死去不久，潘承富就在香港遇見了玉香的親妹——玉珍。」

我細味妻的話語後，立刻想到一個問題：「承富既然不愛玉香，怎麼會無端端的愛上玉珍呢？」

「說起來，當然不是沒有理由的。」妻說：「周小瓊雖然沒有將這裏邊的原因告訴我；但是從她的言辭間，也多少可以猜出幾分。」

「眞奇怪，承富不愛自己的老婆，却會愛上小姨。」

「一點也不奇怪，承富並非不愛玉香，只因這是盲目婚姻，所以故意反抗母親替他安排的事實。迨至承富與小瓊同居後，獲得一個比較，發現小瓊只具外表的美麗，談到內在的一切，玉香實在美得多。但是他已覺悟得太遲，玉香沒有取得他的愛便患病逝世。承富悲傷異常，萬念俱灰。小瓊不喜歡見他愁眉不展，一氣之下，開始向外發展了。兩夫婦的感情日趨淡漠，承富也常常單獨出外作樂。就在這時候，他遇到了玉珍。」

「玉珍到香港來做甚麼？」

「據小瓊說：鄉下苦得連吃飯都成問題，玉珍就拋下老父獨自來港謀生。」

「香港人浮於事，像玉珍這樣的鄉下女孩子，身無一技之長，想在這裏謀生，實在並不十分容易。」

「你是一個寫小說的，難道不知道女人本身就是一種資本？」

「出賣色相？」

「她在灣仔一家小舞廳裏當舞女。」

「承富在舞廳裏遇到她？」

「看來承富得不到家庭的溫暖，一定常到小舞廳去走動。」

談話至此，我驀然憬然大悟了：原來承富追悔於自己的錯誤，遇見玉珍後，企圖將應該給與玉香的愛情改贈玉珍。因為，唯有這樣，才能求取自己的心之所安。玉香是一位賢淑的妻子，但是從未得到過丈夫的垂青。死去後，丈夫從另外一個女人處獲得了覺悟，然而已經來不及了。承富內疚神明，祇好將愛的希望寄存在玉珍身上，未必想補償死者的損失，却也無意使自己遺憾終身。

「想不到承富還有這麼一段故事。」我說。

妻感喟地嘆息一聲，說：「照目前的情形來看，好戲還在後頭哩。」

「我倒已經沒有看戲的心情了。」

我雖然沒有看戲的心情；但是「好戲」並不因此而停止。當天晚上，承富徹夜不歸：周小瓊也徹夜不歸。

早晨起身，亞笑下樓去買早點，回來時，告訴我們這一項事實。妻自己是個女人，當然比較同情潘太。她說：「一定是潘承富常常在外邊亂來，周小瓊氣不過，決定以牙還牙，才到外邊去過夜的。」

但是亞笑搖搖頭，說：「事情怪不得潘先生。」

「為甚麼？」我問。

亞笑微微嘆口氣，答：「因為最先在外邊過夜的是潘太；而不是潘先生。」

這又是一個新發現，使我在詫愕中感到好奇：「難道潘太外邊有……」

妻連忙拉拉我的衣角，暗示我不要講下去。我雖然沒有將話說出來；但是亞笑已經完全明白我的意思。大凡做工人的，總喜歡在背後講幾句主人的隱私，如果她不跟我們講，也會在電梯裏講給別家的工人聽。因此，妻與我都楞大了眼睛，等她回答我的問題。

她又嘆了一口氣，說：「潘太的花樣才多哩，常常有些阿飛型的男人走來找她。」

「潘先生知不知道？」

「當然知道。」

「他能够容忍潘太這樣做？」

「有甚麼辦法？潘先生的環境已經不比從前了，家裏邊開支又大，有時候還要潘太出去動腦筋。」

我很替承富惋惜，因此不再出聲。亞笑退了出去，妻感慨繫之地說：

「世界上的事情，單從表面觀察，實在是看不出甚麼來的。當我們初來看屋的時候，潘承富還口口聲聲表示分租並不想減輕負擔，想不到住了兩天，這紙老虎就戳穿了。」

我說：「承富既然不喜歡周小瓊，何必再跟她廝混？他們又沒有正式結過婚，要離，即刻可以分開。」

妻說：「這裏面當然是有原因的，剛才亞笑不是很露骨地告訴過你了：潘承富自己的環境差，還得靠潘太出去想辦法。」

我不禁衝口而出：「難道承富為了吃口飯，寧願戴……」

妻的回答却極合邏輯：「反正他愛的是另外一個女人。」

談話至此，莉莉嚷着要吃東西。我雖然對潘家的事頗感好奇，但也無意討論下去。吃過早點。我伏在桌上寫稿。中午時分，潘氏夫婦依舊一個都沒有回來，我們三人終于舒舒服服吃了一餐午飯。飯後，妻要到「娛樂」去看電影，我不反對。想不到就在看電影的時候，又發現了一個秘密。

我們抵達「娛樂戲院」，剛剛兩點二十分，距離開場時間還有十分鐘，莉莉要吃「爆谷」。我走向秤重機旁邊的爆谷檔去買。就在這時候，妻驀地拉拉我的衣角，我回頭一看，發現潘太挽着一個男人的手臂，穿過大堂，走上前往「超等」的樓梯。

潘太祇顧跟那個男人談笑，根本沒有看到我們。

妻對我看看，眼睛裏充滿了驚詫的神情；我聳聳肩，表示莫名究竟。

妻悄悄的對我說：「那個男人不是潘承富。」

我點點頭，細聲說：「幸虧他們買的是『超等』，要不然，大家見到了，多麼不好意思？」

妻感喟地嘆息一聲，對這位「女性中的敗類」頗有微詞：「既然不愛潘承富，就該乾脆跟他分離，何必勉強住在一起，弄得大家情緒都壞。」

「這件事，也不能完全怪她，承富自己也應該負一部分責任。」

「但是，亞笑說潘太先在外邊有了越軌行動？」

「我的意思是：承富根本不應該跟她結合。」

「承富失去鄉下那位妻子後，精神沒有寄托，遇到周小瓊後，來不及辨別情感的真偽，就希望由她來驅除自己的寂寞了。」

妻沉吟半晌，終於下了這樣的結論：「別人的事，固然不用我們來管，不過，大家同屋居住，總不能日夜欣賞他們的『好戲』。所以，照我看來，我們還是趁早將房子回掉的好，免得將來大家不愉快。」

我不作任何表示，看看錶，兩點二十五分，當即抱着莉莉上樓去。走進戲院，坐定，莉莉要吃蓮花杯，妻不肯買給她吃，正在講理時，院子裏的燈光熄滅了。

這是一套文藝電影，相當長，一開頭就映正片，連預告都祇有兩本。片子相當動人，敘述一個「紅杏出牆」的女人為了物質慾太高而造成不可挽救的悲劇。當劇情發展到高潮時，妻悄聲對我說：「不知道潘太看了作何感想？」

我隨口答了一句：「說不定她會覺得銀幕上的那位女主角愚蠢得很。」

看完電影，走出「娛樂」，莉莉嚷着要吃雪糕，我們就到「安樂園」去坐一會。飲咖啡時，無意中發現潘太挽着「那個男人」的手臂在玻璃窗外的人行道上走過。妻說：「看樣子，她還不想回家。」

我說：「今天晚上可能又有好戲看了。」

回到家裏，已近傍晚時分。據亞笑說：承富已經回來了，此刻正在房內睡覺。

書桌上放着一封信，是一家出版公司轉來的讀者來書，這位讀者很誠懇地要求我少寫一些有價格而無價值的東西。

我將來信交與妻閱讀，妻讀過後，說：「這位先生不祇是你的忠實讀者，而且是你的畏友。

我同意他的看法，贊成你少寫一些商品。」

我嘆口氣，遊目對四周掃了一圈，說：「單單這麼一間梗房，連吃，已經每個月要我們拿出五百一十了。」

「但是，」妻說：「你年輕時也還寫過一些令人吃驚的作品；為甚麼現在反而不肯……」

「不必講下去了，我也無意為自己分辯！總之，一個曾經挨過餓的人，是不容易忘記飢餓的難熬的！」

妻不再作聲了，走近牀邊去教莉莉識字。我又將那封信讀了一遍，心裏忽然掀起一陣不可言狀的激盪，提起筆來，一個字也寫不出。我想：如果海明威是中國人的話，他一定也會到香港來寫武俠小說的。

天黑後，亞笑走來叫我們吃飯。走入客廳，承富已經坐在餐桌邊了。他笑得很尷尬，無法解釋自己一夜不歸的理由；也無法解釋潘太為何仍未回來。其實，這些都是他自己的事，絕無必要向我們作任何解釋；但是當他見到我們時，他笑得很尷尬。

餐桌上的小菜比昨天更糟，彷彿吃齋似的，連肉絲都不見一條。

承富看來心事重重，老是低着頭，不發一言。客廳很靜，靜得非常難堪。隔了很久很久，承富忽然抬起頭來問我：

「陪我喝一杯酒？」

「我不會喝。」

「半杯？」

「也好，我陪你喝一點吧。」

他站起身來，走到酒櫃邊，拿出一瓶威士忌，替我斟了半杯，又替自己斟。呷了幾口酒之後，承富開始埋怨了：「我的前妻，她是一個好女人，雖然讀書不多，卻十分賢慧。我不應該為了反對盲目婚姻，而將她視作陌生人。這是我的錯，要不然，她也不會憂悶成疾的。我對不起她，我必須設法加以補償。」

說罷，他的眼圈紅了。莉莉已吃好，妻就抱着她離開餐桌。承富昂起頭來，骨嘟骨嘟的飲了幾口酒說：「讓我告訴你一件事。」

承富大概已經有了幾分醉意，竟坦白告訴我一個秘密：

「她有喜了。」

「潘太？」

承富搖搖頭，答了三個字：「徐玉珍。」

我楞大了眼睛，問：「你前妻的妹子？」

「是的。」

「潘太知道嗎？」

「當然不知道。」

「你準備怎樣處理這件事？」

承富聳聳肩，以嘆息代替答覆，看樣子，彷彿這是一個不容易解決的難題，實際上，依我看來，事情相當簡單：承富既然不愛潘太；而潘太亦已移情別戀，與其勉強生活在一起，毋寧乾脆離開，倒也可以省却不少煩惱。

我與承富雖然同過學；但是並無深交，關於他的私事，我是不便參加任何意見的。事實上，他也無意請我當「參謀」，只是酒醉心頭事，一時找不到第二個人可以傾訴，祇好向我發幾句牢騷了。

就在這時候，有人按門鈴，承富走去開門，原來是潘太。承富想不到她會這麼早回來的，臉上立刻呈露了驚詫之情，瞪大眼睛，問：

「你吃了晚飯沒有？」

潘太愛理不理地答了一句：「不想吃。」

「叫亞笑炒一碗蛋炒飯給你？」

「不要。」

「那麼，喝一杯酒？」

「也好。」

潘太將手袋往沙發上一甩，懶洋洋地坐在餐桌邊，閃閃眼睛，有意無意地對我一瞅再瞅。我低着頭，心中暗忖：「這一對夫婦此刻必須在我面前演戲了。」

潘太呷了一口酒，問承富：「你出去過沒有？」

承富淡淡一笑，答：「出去過的，與一個朋友在高羅士打喝下午茶，他正在籌備開一間保險公司，想找我去帮手。」

「那就再好也沒有了。」

承富舉杯呷了一口，反問潘太：「你到甚麼地方去了？」

潘太兩隻眼珠子骨溜溜的一轉，啜啜嘴，說：「我在女朋友家裏打麻雀，本來早就可以回來了，只因有一個輸得太多，不好意思走，祇好繼續打下去，結果，那個輸的忽然牌風大轉，連食幾手滿糊，反而弄得我變成了大輸家，我心猶不甘，所以又打了十六圈。」

潘太頗有「撒謊天才」，撒謊時，態度從容，神色自若，別說承富，連我聽了也差點信以為眞。

但是這是「戲」，比舞台上的名演員演得更好更逼眞。

記得馬龍白蘭度說過這樣一句話：「每一個人都必須在日常生活中演戲，譬如說：白領階級見到了老闆，心裏恨他，臉上却非裝出阿諛的笑容不可。這就是『戲』；而且大家都會演。」

不過，像潘氏夫婦這樣「卓絕的演技」，我實在不忍繼續「欣賞」下去了。

我站起身來，對承富說：「今晚還要趕三千字，少陪了。」承富留我再喝一杯，我說：「喝多了，會影響情緒的。」他牽牽嘴角，笑得十分勉強。

回入房中，妻悄聲問我：「是不是潘太回來了？」

我點點頭。

妻又問我：「她說些甚麼？」

「她說她在女朋友家裏打麻雀。」

「講大話！」

「但是承富也有秘密。」

「甚麼？」

「徐玉珍已有身孕。」

「他前妻的妹子？」

「不錯。」

「這樣倒也好了，兩夫婦都已有了戀人，祇要雙方同意，隨時都可以各遂所願。」

「如果他們眞要離開時，我們豈不是又要搵屋了？」

「這裏終歸住不長的。」

妻嘆口氣，走去哄睡莉莉。我開始執筆寫作，暫時將客廳裏的種種完全丟開。但是寫不到五百字，客廳裏又驀地傳來了嘩啦嘩啦的吵架聲。我不得不放下鋼筆，走到門背後去傾聽。

原來承富將潘太的一隻金鈪偷出去變賣了，潘太憤恚異常，罵他是賊，罵他是強盜，罵他是沒有出息的東西。承富不否認偷取潘太的金鈪，不過，他也有他的理由。

「不錯，我拿了你的金鈪，但是這隻金鈪是誰送給你的？」

「你不用管是誰送的，總之，不是你送的就是了。」

「問題就是因為不是我送的，我才敢拿出去變賣。」

「這是甚麼意思？」

「很簡單，」承富理直氣壯地說：「你是我的老婆，你不該背着我跟別的男人偷偷來往。」

「你幾時看見過的？」

「我不需要用眼去看，」承富說：「祇要隨時檢查你的首飾箱，我就可以知道大概了。」

潘太急極了，拍手跺脚地哭嚷起來，說承富吃了拖鞋飯；還要偷她的錢出去玩女人。

從這一次吵嘴中，我知道承富之所以不願意與潘太分離，只有一個理由：利用她手上的現錢來應付目前的難關。看樣子，承富失業已多年，情形很壞，明知潘太不愛自己，竟不予干涉。他採取了一種相當卑鄙的手段，利用潘太的不忠實，卻將所有的希望全部寄存在徐玉珍身上。

「然而潘太也未必不知道承富的用意，她為甚麼肯這樣做呢？」我問妻。

妻說：「這是人家的事，我們不必理會。但是他們把吵嘴當作家常便飯一般，三日一小吵，五日一大吵，攪得你寫作情緒大為低落，而莉莉也得不到足够的睡眠，這樣下去，總不是一個道理。」

「住滿了這個月，我就向潘承富退屋。」

「但是，」妻說：「照我看來，我們未必能够住滿這個月。」

我不說甚麼，坐上寫字檯，繼續執筆撰稿。這天晚上，我睡得很遲。第二天醒來，已是中午了。盥洗過後，亞笑走來叫我們出去吃中飯。潘氏夫婦沒有出街，兩人的面色都不好看，坐在餐桌邊，板着臉，彷彿土地公婆似的。桌面上依舊是三菜一湯；但是除了青菜豆腐外，祇有一塊糟白魚，估計起來，絕對不會超過一塊半。我對妻看看，妻又會於心地笑笑。潘太太為人相當敏感，察覺到我們的表情有些不自然，當即呶呶嘴，對我們作了如下的解釋：

「今天我起身太遲，沒有關照亞笑買甚麼餸，所以配得不大好，請你們原諒。今晚，我一定叫亞笑加一文燒肉或叉燒。」

經她這麼一說，我倒非常不好意思了，當即堆上一臉笑容說：

「沒……沒有關係。」

想不到我的「抗議」沒有成立，她竟臉一沉，向我提出責問了：

「昨天晚上。我到廁所去解溲的時候，發現你們房內的電燈還開着。」

「是的，我在寫稿。」

「寫稿？你知道那時候幾點了？」

「大概兩三點。」

「哼！兩三點？讓我告訴你吧，我起身的時候是四點一刻！」

「這是沒有辦法的事，我是一個依靠寫作為生的人。」

「但是你們來租房的時候為甚麼不預先聲明一下？」

「我們認為沒有這樣做的必要。」

「為甚麼？」

「水電包括在房租內，用電多少與我們沒有相干。」

「你這話完全說錯了。」

「錯在甚麼地方？」

「正因為水電由我們包，所以要提出這個問題。」

「那末，依照你的意思，這件事該怎麼辦？」

「用電的時間必須加以限制，不能超過深夜一點。」

「這個不行，我多數在夜晚寫稿的，沒有電燈，產量必減。」

「如果你們一定要通宵着燈的話，祇好請你們酌加電費了。」

「加多少？」

「每月十文。」

「你們平時每個月大概付多少電費？」

「沒有一定。」

這時候，妻實在忍無可忍了，憤然將飯碗與筷子往桌面一放，站起身，走入自己臥房，用動作來抗議潘太的無理。我對承富看看，承富低下頭，面孔漲得通紅，歉仄中帶點慚愧。潘太瞪大了眼睛楞着我，似乎在等待我的答覆。我無意跟她爭辯，繼續夾菜吃飯。飯後，潘太打扮得十分花枝招展，提着手袋，屁股一扭一扭地出街了。妻正在慫恿我退房，承富忽然走來了。

「實在對不住，」他說：「剛才的事，請你們原諒。」

妻驀地大聲嚷起來：「潘先生，我們決定搬了！」

潘承富一聽，臉上立刻呈露了驚詫之情，說：「這又何苦呢？剛搬來幾天，東西都沒有擺好。」

「不！」妻的態度非常堅決：「我們一定要搬！」

承富一再勸慰，說是：「關於電燈的事，總還有得商量的。」但是妻表示非搬不可。承富聳聳肩，側過臉，向我投來詢問的一瞥。我說：

「大家本來感情還不錯，如果再住下去的話，總有一天會抓破臉的，與其日後鬧得面紅耳赤；不如現在客客氣氣的搬走。」

承富皺皺眉，不作出聲。

妻問他：「我們月底搬，作為預早一個月通知，可以不可以？」

承富說：「大家都是熟人，像這樣的事，當然不能按照慣例來辦，不過……」

「潘太不肯同意？」

「我還得去跟她談談。」

「她肯，自然最好；萬一她不肯，也不要緊，我們大不了在這裏住多一個月。」

這天晚上，因為想給莉莉好好吃一餐的飯，特地乘坐巴士到北角的「溫莎餐室」去吃俄國菜。莉莉特別嗜吃「鮑許」，所以吃得很飽。飯後，我們本想到「皇都」去看一場電影的，但是因為是週末的關係，買不到票。沒有辦法，祇好到「人人百貨公司」去兜了一圈，莉莉看中一個日本公仔，定價相當貴，妻要我忍痛買一隻。

回到家裏，已是十點敲過，一進門，不覺猛發一怔：客廳裏亂得不成個樣子，桌子椅子統通翻倒在地，地上儘是玻璃碎片，所有花瓶，杯碟，鏡架，枱燈等等幾乎完全摔碎了。很靜。

妻悄聲問我：「這是怎麼一回事？」

我說：「可能潘氏夫婦又吵架了。」

妻問：「人呢？」

我對頭房看看，房門暢開着，裏邊沒有人。妻挪步走向後邊，發現亞笑兀自坐在工人房裏掩面飲泣。妻走上前去，問她：

「亞笑，潘先生他們到甚麼地方去了？」

亞笑抬起頭來，一見我們，哭得更加淒涼了。妻用好言好語勸慰她，要她將事情經過說出來。亞笑睞了睞淚眼，一邊打嗝，一邊抖着聲音說：

「剛才嚇死我了，兩個人扭作一團，你一拳，我一脚，誰也不肯讓一步。潘太好像發瘋似的，將客廳裏所有的東西全部摔壞。潘先生額角出了血，流下來，沾得白襯衣上全是一點一點的血跡，叫人看了害怕。」

「到底為了甚麼事情吵起來的？」

「潘先生說你們住到月底要搬走了，潘太堅持要你們預早一個月通知。」

「我們也沒有意思立刻搬走。」

「潘太認為你們要退房也必須住到月底再說，決不能隨時提出。換一句話說：你們要在這裏住足兩個月。」

「這是甚麼話？」

「所以，潘先生勸她不要太不講理，說是大家都是熟人，怎麼好意思這樣做。潘太一聽，不知道那裏來的一股怒火，舉起手來，『拍』的摑了潘先生一巴掌。這樣，兩個人就亂打亂踢了。」

想不到潘氏夫婦的吵架，原來為的是我們要退房。我心裏有一種不可言狀的感覺，說是歉仄，倒也有點怨懟。我斜眼對妻一瞅，然後又回過頭來問亞笑：

「現在，潘先生他們到甚麼地方去了？」

亞笑的回答，使我們嚇了一跳，照她的說法：「潘先生已經給潘太趕出去了！」

我對這句話的真實性表示懷疑，妻也如此。

但是亞笑竟武斷地說：「潘先生再也不會回來了！」

我聳聳肩，退出工人房。妻對亞笑說：「客廳裏亂成這個樣子，你也該出去打掃一下才是。」亞笑這才提起衣角，抹乾淚水，懶洋洋地站起來。

我們回入自己的臥房，妻長嘆一聲，說：「我們必須另外找房子，這裏再住下去，不但你的寫作情緒越來越低；而且天天吃不飽睡不足，對我們的健康也有很大的影響。」

「但是我們已經繳了一個月上期和一個月按金，如果我們現在搬走的話，豈不便宜了她？」

「最多給她便宜一個月，那按金是非還不可的。」

「不一定，」我搖搖頭說：「像周小瓊這樣的女人，是決不會跟你講理的。況且，剛才他們吵的這麼兇，為的也是這個問題。所以，除非我們再在這裏住足兩個月，否則，衹有將已經付出的上期和按金白白犧牲掉。」

「我才不願意平白無故送兩個月房租給她哩！」

「那麼，我們衹有乖乖的住下去，到了月底，正式通知她退房，以按金當作房租，不必再繳。」

妻不再作聲了，只是臉上的慍色仍未消失。約莫半小時過後，莉莉睡着了。我伏在桌上寫稿，潘太回來了。客廳裏忽然響起一陣零亂的腳步聲和時時發作的縱然大笑。從笑聲裏，我辨出潘太帶了一個男人回來。

妻躡足走到我身邊，低下頭，細聲悄語地問我：

「你聽見沒有？」

「一個男人的笑聲？」

「不像是潘承富。」

「當然不是。」

接着，客廳裏傳來了這樣的對白：

男的問：「有貓王的唱片嗎？」

潘太答：「有。」

男的又問：「斟一杯威士忌給我，可以不可以？」

稍過些時，貓王像被人踩痛了尾巴似的，在客廳裏大聲唱起來。莉莉在睡夢中驚醒，哭了。潘太完全不顧別人，竟在客廳裏大跳搖擺舞。

我憤然將筆一擲，想走出去干涉；但是被妻一把拖住，叫我忍耐一下，不必去跟她爭吵。我說：「我今晚還要趕一篇論文。」妻說：「她也有權在客廳裏跳舞的。」

第二天早晨起身，亞笑走來替我們買早餐，我悄聲問她：

「潘先生回來了沒有？」

「沒有。」

「昨晚有個男人在客廳裏喝酒跳舞，你知道嗎？」

「我當然知道。」

「真討厭！完全像個瘋子，吵呀嚷的，攪得我不能寫稿，也不能睡覺。」

「別這麼大聲，給他聽到了，多麼不好意思？」

「他還在？」

「到現在為止，他還睡在潘太房內。」

「潘太睡在那裏？」

「這用得着問嗎？」

亞笑的話語，很明顯地暗示着一種荒唐，雖不細說；但是大家都已有會於心。想不到承富當真給潘太趕出去了，而事情竟會如此的簡單。潘太不但毫無悔意，而且即晚帶了男人回來。這樣的「好戲」，我卻缺乏一份閒情去欣賞。

妻祇會搖頭嘆氣，常用含有怨懣的目光瞅我。我也無話可說，唯有伏在桌上趕稿。

整整一個上午，客廳裏始終保持應有的寧靜。但是到了吃中飯的時候，「貓王」又開始大唱其「樂更樂」了。

亞笑走來喚我們到客廳裏去吃飯，妻搖頭，表示不想吃。我問她：「為甚麼？」她說：「有貓王在耳邊嘩啦嘩啦，怎麼吃得下？」我說：「飯終歸要吃的，管他貓王還是狗王！」妻無意為此爭辯，拉開房門，冉冉走入被「貓王聲音」佔領了的客廳。

餐桌上，坐着潘太和「那個男人」。潘太穿着尼龍晨褸，笑嘻嘻的，滿面春風。「那個男人」看來相當年青，鬈頭髮，黑皮膚，穿着承富的那套柳條睡衣。

當我們坐下時，潘太很有禮貌地替我們介紹，說「那個男人」姓黎，名叫佐治，是本港極有名的業餘舞蹈家，善跳OB查查，曾經在跳舞比賽中得到冠軍。

提到「冠軍」兩字，這位佐治黎居然站起身來向我們鞠了一個躬。

他的動作實在相當滑稽，但是我們不敢笑。

潘太很得意，說是為了慶祝新生活的開始，特地差亞笑到「鑽石酒家」去買了半隻豉油雞回來。

莉莉兩眼睜得圓圓的，毫不客氣地伸手拿了一個雞脾。妻覺得非常不好意思，立即將莉莉手裏的雞脾搶過來，放回菜碟。

莉莉「哇」的放聲大哭了，妻站起身，抱着莉莉，在貓王的歌聲中走回臥房。

這一餐，我又沒有吃飽。

從此，潘家的情形與前大大相同了。貓王的歌聲不絕於耳，佐治黎也變成了常客。整整一個星期，承富始終沒有回來過；潘太不但沒有沮喪之情；抑且較前更富朝氣了。在這個星期中，潘太一共舉行過四次派對，邀請七八個阿飛到家裏來，飲酒作樂，唱歌跳舞，鬧得不成個樣子。我的寫作產量因此大為減低；而莉莉也不能獲得充分的睡眠。妻一再表示寧可犧牲這兩個月房租；但是我認為香港賺錢不易，怎樣也得熬過這兩個月。

有一天，我應一位副刊編輯之邀，到告羅士打去飲下午茶。那位編輯先生與我原屬同事，我去南洋後還經常保持聯繫，此番回港，這還是初次見面，因此大家都有很多話要談。

分手時，已經七點多了。回到家裏，客廳裏並無「貓王」的歌聲，頗感詫異。亞笑已將晚飯擺好，潘太不在家，祇有我們三個。吃飯時，妻悄聲告訴我：

「潘承富回來過了。」

「回來做甚麼？」

「說起來，你一定不相信。」妻故意頓一頓，然後加重語氣說出這麼一句：「他竟向潘太求情來了。」

「竟有這樣的事？」

「亞笑聽得清清楚楚，說他在潘太面前還發誓不再與徐玉珍來往！」

「這顯然是謊話！」我說：「潘太怎樣表示？」

「潘太非常乾脆，直截了當的表示已經愛上別的男人。」

「承富一定生氣了？」

「他不但沒有生氣，而且還……」

「怎麼樣？」

「他……他還開口向潘太要錢。」

「真沒有出息！」

「有甚麼辦法，人窮了，甚麼事情做不出來。」

「那末，潘太有沒有拿錢給他？」

「據亞笑說，潘太拿了五十塊錢給他，不過，附帶有個條件。」

「甚麼條件？」

「不准潘承富再到這裏來找她！」

「承富答應了沒有？」

「答應了。」

「荒唐！荒唐！想不到承富會變成這個樣子！」

「也許潘承富別有用心？」

「我想承富已經將所有的希望全部寄托在徐玉珍身上了，除此之外，不會有別的打算。他與潘太間原無情感可言，倉卒的開始注定了糊塗的結束。」

妻嘆口氣，不再說甚麼。

又過了些時日，我們對貓王的歌聲已感習慣。潘太與佐治黎鬧翻了，又搭上一個名叫「肥佬鄭」的有錢人。肥佬鄭喜歡喝酒，卻從不跟我們同桌吃飯。他也像佐治黎那樣，常常在潘太房內過夜，只是身體太過肥胖，必須自備睡衣。

潘太不再沿用「潘太」的名義了，當別人稱她「潘太」時，她常常板起面孔或者索性糾正對方：「我姓周，請你以後叫我周小姐吧。」

這樣一來，我們跟她見面時就非改口不可了。妻比較爽直，看不慣她的所作所為，每一次同桌吃飯，居然連笑容都不露。周小瓊當然會感到不自在的，但是因為有我夾在中間，不好意思立即反臉。

餐桌上的小菜越來越差了，承富在的時候，雖然常吃素菜；總還維持三菜一湯的形式；如今，周小瓊當家了，反正她在外邊吃飯的次數比較多，再加上妻不肯改口叫她「周小姐」，使她耿耿於懷，毅然取消「三菜一湯」的形式，作為一種消極的懲罰。

妻對於該項「新措施」大表不滿，認為我們每天既已付出八塊錢的伙食費，就該享受八塊錢的伙食。周小瓊存心侵吞我們的「權益」，必須據理力爭。

我絕對同意妻的主張，卻不願意因此引起任何爭辯。我認為：我們既已決定搬走，不如繼續忍耐一個短期，免得有傷感情。

妻終於接受了我的勸告，放棄「據理力爭」。

但是餐桌上的小菜不僅沒「改進」的跡象；抑且「每況愈下」了。

有一次，亞笑端一大碗「豆腐羹」出來，放在桌子中央，再也沒有別的東西了。莉莉大哭大嚷，說是不要吃豆腐，憤然將飯碗摔在地板上。

飯碗是我們自己的，摔碎了，對周小瓊不會有甚麼損失。然而周小瓊卻倏地拉下臉子，兩眼一瞪，狠巴巴地叱了一句：「沒有家教！」

這句話可刺傷了妻的自尊心，素來性情溫和的妻，這一下可也忍不住氣了，霍然站起，以手擊桌，罵周小瓊是「吸血鬼」，拿了我們的伙食費，塞在自己的腰包裏。

周小瓊不甘示弱，將筷子往地上一摔，怒叱：「你們是找上門來的，要搬就搬，何必給人家看面孔。」

妻說：「我們已經繳清房租，當然要住夠日子才搬，不過，這伙食費，我們繳的八塊錢一天，四塊錢一餐，難道一碗豆腐羹值四塊嗎？」

有兩個女人像鬥雞似的相持不下，妻是越說越有理，而那位周小瓊則理屈詞窮，祇管吊高嗓子，聲音越嚷越大。

周小瓊講不過妻，竟拍手跺腳地哭嚷起來了。亞笑忙不迭絞了一把手巾給她，好言好語地勸她平息怒氣。

夾在中間的我，真是左右為難了，既不能幫着妻講話，也不能說周小瓊不對。周小瓊雖然常常將自己打扮得好像盛開的花朵一般，但是發脾氣的時候，簡直是一隻老虎乸。我看不慣這種嘴臉，唯有將妻拖入房內。妻責我不該讓她，我說：「如果我不讓她的話，一定會打起來的。香港這個地方，男人與女人打架，男人絕對有罪！」

我這幾句話多少帶點幽默意味，妻聽了，雖不致於立刻露出笑容，可是臉上的那股不平之情也就遽爾消失。

縱然如此，這一場爭吵並未因此結束。當天晚上，周小瓊將肥佬鄭叫來了，氣勢洶洶的，非要跟我評理不可。

肥佬鄭帶了幾個「馬仔」來，口啣雪茄，身穿雲紗衫褲，舉手投足，無不具有「黑色」意味。

「你是一個男子漢大丈夫，怎麼可以欺侮女人？」他問。

我見他那股「大佬」神情，心裏很不舒服；但是為了不願意節外生枝，祇好勉強跟他評理。我當即將租屋的情形約略敘述一遍，問他究竟誰是誰非。

他弄清楚經過情形後，皺皺眉，沉吟了大半晌，始終說不出話來。周小瓊發現情勢對她漸趨不利，立即像雞叫似地嚷起來：

「你們兩公婆不能欺侮我一個女人？」

我聳聳肩，笑笑，不願意申辯。

肥佬鄭以為找到了反攻藉口，圓睜雙目，厲聲疾氣的對我咆哮：

「對呀！你們怎麼可以欺侮一個女人？」

這時妻也三步兩腳地從裏邊走過來，發瘋似的極力為我分辯。

肥佬鄭聽到妻的辯白後，頗感為難了，第二次皺皺眉，繼續沉吟了大半晌，顯然有些無所措置。

周小瓊發覺自己又處於下風，竟像唱歌似的哭嚷起來。肥佬鄭原是來幫她出頭的，結果弄得啞口無言，連自己都有點不好意思。沒有辦法，祇好想出改採調解態度，算是給周小瓊一點面子。

「這樣，」肥佬鄭對我說：「既然大家住得不合適，你們不如另外找房子吧！」

我點點頭，表示同意；但是事情必須合理，否則，寧可上租務法庭去解決。

肥佬鄭帶了幾個「馬仔」來，原想給我們添麻煩的，結果，反而變成和事佬了。我們依從他的調解，答應月底就搬，不過，周小瓊必須將已繳的按金退還給我們。

周小瓊起先不肯，堅持要我們月底搬走，不退按金。

我說：「如果周小姐不肯退還按金的話，我們就沒有理由在月底搬了，我們有權住到下個月底。」

周小瓊斜眼對肥佬鄭一瞅，肥佬鄭牽牽嘴角，說：「一個月按金才不過是兩百塊錢，退還給他們吧。」

這樣，事情總算「順利」解決，我們又要找房子了。

2

我們已經有過一次痛苦的經驗，對於找房子，一提就怕；但是不找不行，眼看月底就到，再沒有合適的居所，可能又要住酒店了。

妻很急，每天早晨一睜開眼，就翻閱日報，手執紅筆，在「分類廣告」裏圈呀圈的，圈好幾個看來似乎還理想的地方，然後洗臉，吃東西，匆匆穿上衣服，將莉莉交給亞笑後兀自出去看房屋。

最初的三兩天，由於我必須趕稿的關係，妻完全「單槍匹馬」地出去作初步的「視察」，倘有比較合適的，再回來帶我去看。

我們碰到了許多熟悉的問題，諸如廚房太小，沖涼無缸，雀戰太酣，光線黝暗，「麗的呼聲」呼個不停……等等。

結果是：浪費了很多寶貴的時間，依舊毫無眉目。

我的寫作產量大為減少，情緒也低落。妻說：「今天已經二十七了，再過三天便是月底，怎麼辦呢？」

我拿起日報，翻閱「分類廣告」，發現這樣一則：

光猛梗房
跑馬地高尚住宅區××街單邊新樓五號四樓有房廉租10×12向南大窗僅一伙同居宜高尚小家庭

「僅一伙同居」且有「向南大窗」，實為兩大特點。我當即帶領妻和莉莉，匆匆趕去觀看。

房間剛剛油過，還有壁櫥，很理想。包租者姓謝，是一對五十開外的夫婦，談吐文雅，舉止斯文，顯然是受過高等教育的人。謝先生在一家銀行裏供職，為人十分和藹可親；謝太太過去教過書，現在因為身體孱弱，不再執教鞭了。

謝氏夫婦膝下有一女一子，女名「莎梨」，今年十六歲，在英文書院讀書；子名「啤仔」，今年十一歲，很頑皮，似乎還不大懂事。

當謝先生引領我們看屋時，說是這層新樓是他們自己買的。本來不想出租，後來因為孩子們的開支一天比一天大，不如讓出一間梗房，租與高尚小家庭，收些租金，也好貼補貼補。

談到租金，謝先生說：「每月二百元，包括水電在內，一個月上期一個月按金。」

妻問他：「可以不可以減多少？」

他笑笑，伸手撫摸莉莉的臉頰，說：「我很喜歡像你們這樣高尚的人家，這樣吧，減少二十，算是一百八。」

妻向我投以詢問的一瞥，我不加思索地掏出五十塊錢落定。謝先生見我如此爽直，當即取出一張名片來，寫上幾個字，作為收據。

我接過名片一看，才知道他叫謝春生，是中環××銀號的秘書。

我問他：「甚麼時候起租？」

他反問我：「你們現在住的地方甚麼時候到期？」

我說：「月底。」

他倒也爽快：「這樣吧，隨便你們明天或者後天搬來都可以，一號開始起租，計算起來比較容易。」

事情就這樣解決，一點麻煩也沒有。我們離開謝家後，很為自己慶幸。妻說：「看樣子，我們終於找到合適的住所了。」

我完全同意妻的看法，心內十分高興。

回到家裏，妻立刻開始收拾東西，我說：「何必這樣忙呢？我們還有三天時間，儘可慢慢收拾。」但是，妻搖搖頭，說是不願再看周小瓊的嘴臉，決定明天就搬。

當天下午，我打了一個電話給運輸公司，請他們明晨九點駛一架貨車來。

亞笑走來幫忙我們整理雜物，還悄悄地詢問我們：「有無意思請工人？」妻表示暫時還沒有這個打算。亞笑說：「潘太太脾氣太壞，我也不想做下去了。」

這天晚上，我們睡得很遲，結果卻看多了一幕「好戲」。周小瓊下午就出街，直到午夜過後回來。

回來後，客廳有男人的聲音，仔細一聽，竟是潘承富。

妻問我：「他來做甚麼？」

就在這時候，承富與周小瓊大聲爭吵起來。承富用裂帛似的聲音咆哮：

「這是我的東西！你一定要還給我！」

接着是周小瓊的聲音：「不行！這是你早已送給我的東西，不能拿去！」

「我需要錢用！」潘承富歇斯底里地嚷。

「你要用錢，祇可以另外想辦法！這是我的東西，你不能搶！」

兩人扭作一團，你罵我，我罵你，各不相讓。妻悄聲問我：「要不要出去勸解？」我說：

「他們的事，完全是一筆糊塗賬，勸也無從勸起！」

就在這時候，忽然響起一陣玻璃摔碎在地上的聲音，但聞周小瓊嘶聲狂喊：「你不能搶走我的東西！我一定去報差館！你……你快些還給我！」

然後大門「砰」的一聲關上了。

客廳復歸寧靜，祇有周小瓊兀自在飲泣。莉莉被他們吵醒了，大聲哭嚷。妻忙不迭將她抱在懷中，給她喝幾口水，哄她繼續入睡。

稍過些時，客廳裏的哭聲也沒有了，萬籟俱寂；但是我有一種不可言狀的衝動激聚在心頭。我睡不着，為了一些與我完全無關的問題。

第二天早晨，亞笑幫我們整理東西，暗中將昨夜的經過情形告訴妻，說是潘承富搶走了一隻金鈪。

運輸公司的貨車來了，幾個搬貨工人用非常熟練的手法將我們的家具搬了下去。妻另外送十塊錢給亞笑，亞笑感激得差點流眼淚。

抵達新居，妻以「總指揮」的姿態將家具安放在最適當的地方。我們的家具不多，所以一下子就放得好好的了。這房間的南窗相當大，妻的意思應該加裝一幅百葉簾，我不反對。

謝春生上班去了，不到五點放工是不會回來的。莎梨在學校裏讀書，家裏祇有謝太和啤仔。啤仔很頑皮，穿着一身牛仔裝，經常拔出塑膠手鎗來恫嚇莉莉。莉莉膽小，經常躲在妻的身後睜大受驚的眼睛。

這天中午，我們沒有自己開伙食，帶着莉莉走到「金匙餐室」去吃燒童雞。

妻對於謝氏夫婦雖無認識；但是總覺得他們很正派，較之潘承富的「露水姻緣」，當然要隱健得多。

「所以，」她說：「你可以安心寫作了。」

我點點頭，同時向僕歐要了一小杯白蘭地。妻頗感詫異，問我何來喝酒的興致；我用打趣的口吻對她說：「酒能啟發靈感！」

她笑了，笑得很甜。

走出「金匙餐室」，回到新居，正想執筆撰稿時，眼睛瘦到睜都睜不開。妻開始抹窗掃地，我則頻頻打呵欠，呆望稿紙，一個字也寫不出。

「一定是昨夜睡不足的關係。」我說。

妻笑笑，說：「上牀休息一下吧。」

我放下鋼筆，沒有解衣就倒在牀上了。在迷蒙意識裏，我彷彿聽到潘氏夫婦仍在客廳裏爭吵；然而這是謝家，我一定在做夢了。

醒來時，天色已黑，忙不迭翻身下牀，走入盥洗間去洗臉。謝春生和莎梨都已回來了，春生坐在沙發上閱讀《星島晚報》；莎梨則在收聽「哈利・比路方提」的「香蕉船」，一邊聽，一邊跳，充滿了青春的活力。莎梨長得非常清秀，醒目朱唇，雖然不施脂粉，卻具有一種稀有的少女美。

洗完臉出來，春生很有禮貌地邀我們與他們共桌吃飯。他說：「你們今天剛搬來，不必下廚煮飯，不如將就一下，在我們這裏吃一頓吧。」

我表示不敢打擾，怎樣也不肯接受他的邀請。他說我太客氣，我說他太客氣，彼此縱聲哄笑了，空氣十分融洽。

謝氏一家四人給我們的印象都很好，只是啤仔比較頑皮，常常逗戲莉莉，有時候逗得她放聲大哭。謝太太很世故，一再禁止啤仔擅自進入我們房內，啤仔不聽。其實，我們並不反對啤仔進來。

過了些時日，一切都已上了軌道。我的寫作情緒較前大為提高，產量也逐漸增多。妻與謝太間的感情越來越好，兩人常常一起到街市去買餸。

大家同屋居住，相處得很好。

有一天下午，我到中環一家出版社去接洽出版單行本的事宜，回到家裏已經五點敲過。我還有兩篇稿子趕着要寫，所以一回入房內，就伏在書桌上撰寫。

我下意識地感到四周靜得出奇，仔細一想，才知道莎梨沒有收聽「麗的呼聲」。莎梨對於流行歌曲有特殊的愛好，每天放學回家，無論功課忙與不忙，必先收聽流行歌曲以自娛。

但是今天不同，客廳裏靜悄悄的。

莎梨到甚麼地方去了？

回頭一看：莎梨竟站在我們房門口，雙手交叉在胸前，背靠門檻，一股懶洋洋的氣派，只是黑而亮的眸子鼓得好像銅鈴一般。

我完全不明白莎梨為甚麼獃磕磕地站在我們房門口，當我每一次回過頭去看她時，她總是背靠門檻，懶洋洋地站在那裏。

「莎梨，你有甚麼事嗎？」我問。

她呶呶嘴，拚命摹擬大人的口氣，答：「沒有甚麼？」

我聳聳肩，繼續執筆寫作。妻在廚房裏炒菜煮飯，莉莉在客廳裏被啤仔當作恫嚇的對象。一切都很安詳，也極其和諧。

當我寫滿一張稿紙時，回過頭去，發現莎梨依舊獃磕磕地站在房門口，因此，用一半試探一半打趣的口吻問她：

「甚麼東西將你吸引住了？」

她臉上一點表情也沒有，兩眼直直地盯着我，低聲說了一個字：

「你！」

我大吃一驚，伸手點點自己的鼻尖，問：「我有甚麼好看？」

她的回答是：「好看的是你寫的書。」

「你看過我的書？」

她牽牽嘴角，怡然一笑；然後慢吞吞地說：「你出街後，我向你太太借了一本書，是你的短篇小說集，寫得很好。」

我若有所悟地「哦」了一聲，不知道應該對她說些甚麼才合適，正感躊躇間，她竟一步又一步地走了進來，走到我身旁，閃了閃清明無邪的眸子，幽幽地問：

「你在寫甚麼？」

我漫不經心地答一句：「給一家晚報寫連載小說。」

「難道不是全部寫好了交給報館的？」她問。

我為之啞然，找不出適當的話語來答覆她。半晌過後，她又提出另外一個問題：

「晚報上的那篇連載小說將來會不會出書？」

「大概不會出的。」

「為甚麼？」

「因為書店老闆忙於出版武俠小說。」

莎梨微蹙眉尖，頗感困惑，兩隻眼珠子骨溜溜地轉呀轉的，好像已經聽懂了我的話意；又好像並沒有聽懂。我無意跟她兜搭下去，提起筆來，繼續撰寫，以為她會走出去的，結果她卻一直站在我身後。許久許久，她忽然沒頭沒腦地問我：

「還有別的書嗎？借一本給我。」

我隨口答了一句：「書架上多得是，你自己去挑罷。」

「要看你寫的。」

我當即站起身來，走到書架前，隨手取了一本八九年前出版的詩集給她。

這時候，莉莉終於被啤仔逗哭了。妻及時端出飯菜，將啤仔叫了進來。門外有人用鑰匙啟鎖，謝春生公畢回來。莎梨這才拿了我的詩集，懶洋洋地走入客廳。

第二天早晨，莎梨在上學去之前，走來找我，說是昨晚受了「詩集」的影響，自己也寫了一首，要我抽空替她修改修改。我接過她的詩稿，頗感啼笑皆非。

她走後，我攤開她的詩稿閱讀。莎梨究竟是個讀番書的女孩子，中國字寫得很壞。這首詩一共祇有八行，題目叫《寂寞》，開頭第一句是：「我已渡過了十六個寂寞的春天」，接下來，幾乎每一行都有「寂寞」的字樣，彷彿這世界已經有過一次核子戰爭，所有的人類都死光了，祇賸莎梨一個。

我搖搖頭，不勝感慨了。妻剛從街市買餸回來，見我搖頭嘆息，問我：「有甚麼心事？」我當即將莎梨的詩稿給她看，她看了，一本正經地對我說：「時代不同了！」

當天下午，莉莉有點不舒服，妻帶她出去看醫生。莎梨已做好功課，又開始獃磕磕地站在房門口了。

「我的那首詩，改好了沒有？」她問。

我說：「沒有改。」

「為甚麼不改？」

我頓了一頓，正正臉色，問：「莎梨，你是不是真的很寂寞？」

她不作聲，低着頭，兩頰泛着紅暈。我見她受窘了，不好意思繼續說下去，拉開抽屜，取出詩稿還給她。她接過詩稿，撥轉身，奔回自己房內去了。

稍過些時，啤仔傻頭傻腦地走進來對我說：「姐姐在哭。」

我連忙放下鋼筆，匆匆走去察看，發現謝太正在莎梨臥房門口叩門。叩了半天，總不見莎梨將門啟開。

謝太開始埋怨莎梨了，說她一點用處也沒有，稍為受了些委屈，就哭。

聽口氣，謝太似乎還不知道莎梨寫詩的事情，因此，我也索性裝糊塗了。傍晚時分，妻抱着莉莉回來，說莉莉受了些風寒，微微有點發熱，今晚睡一覺，明天再去打針。我當即將莎梨要我改詩稿的情形告訴她，她說：「十五六歲的女孩子多數是這樣的，不必認真。」

不久，謝春生回來了，見不到莎梨，頗感詫異。謝太說莎梨無端發脾氣，竟將自己關在房內。謝春生立刻走去敲門，要莎梨出來吃飯。莎梨仍在房內抽抽噎噎，完全不理父親。春生有點憤恚，自言自語地叱了一句：「讓她餓一餐也好！」

這天晚上，謝家吃飯時，果然不叫莎梨。

莎梨的不吃晚飯，使我非常不安。妻責怪我不該借詩集給她閱讀，我說：「誰能預期到這樣的後果？」

妻嘆口氣說：「十五六歲的女孩子，總是這樣的，但願她好好睡一覺，明天起身，把這件事忘記得乾乾淨淨。」

我也輕輕嘆息一聲，不再說甚麼。

第二天，莎梨一早就上學去了。我沒有見到她，心裏更加不安。問謝太，才知道莎梨怒氣仍未完全消除，起身後，老是板着面孔，一言不發，吃了兩片麵包，就走。

謝太太又說：「莎梨這個孩子，最近變得很厲害，一會兒迷上了占士甸，房間裏到處放着占士甸的照片，連牆上也貼了不少；後來迷上了貓王，成天似癡似醉地聽貓王的唱片，連功課也不肯靜下心來做；最近這幾天，興趣又變了，老是將自己關在房內。」

「做甚麼？」我問。

謝太用無限怨懟的口氣答了兩個字：「寫信！」

「寫信？」我頗感困惑了，「寫給誰？」

「寫給她的那些筆友！」

「筆友？」

謝太「噯」了一聲後，繼續解釋給我聽：「你一定在報章雜誌上看到過『徵求筆友』的那一欄，莎梨好樣不學，偏偏學會了這一套，整天躲在房內寫信，弄得讀書都沒有心思。」

聽了謝太的話語，我不禁噗哧一聲笑了起來。我說：「女孩子到了接近成熟的階段，少不免要做些傻事出來的。」

謝太搖搖頭，並不認為這是一件有趣的事情。她說：「與一些從未謀面的男孩子通信，實在是非常危險的。你當然知道得比我更清楚，情感這樣東西絕對不能隨便玩弄。」

我當即斂住笑容，一本正經地問：「謝先生對於這件事的看法怎樣？」

謝太答：「他是一個糊塗蟲，祇曉得在數字上動腦筋。」談話至此，妻從廚房走出，提着菜籃，偕同謝太到街市去買餸。

我回入房內寫稿，不再為莎梨的事操心。中午時分，莎梨回來了，兀自坐在客廳裏等飯吃。我故意走出去跟她打招呼，她卻臉一板，昂着頭，給我一個不理不睬。這是一個女孩子應有的矜持，我明白；所以我並不生氣。

之後，莎梨的態度一直沒有變，每一次見到她時，我必先堆上近似阿諛的笑臉，希望藉此能夠邀得她的諒鑑；但是她老是昂着頭不理睬我。我暗中將這件事告訴妻，妻說：

「十五六歲的小姑娘大都是這樣的，心情好像八月的天氣，多變莫測，最好不要睬她，過些日子就會好的。」

但是過了些時日，莎梨的心情仍未轉好。我與她的「邦交」一直無法恢復，每一次見面，她的臉總是板得緊緊的。

有一天，我在房內寫稿妻忽然躡足走來，悄聲對我說：

「告訴你一件事。」

「甚麼？」

「莎梨現在客廳裏看書。」

「這也值得大驚小怪？」

妻笑笑，故意將嗓子壓得很低：「你知道她在看其麼書？」

「甚麼書？」

「你的長篇小說。」

「哪一本？」

「八年前交給東方書店出版的那本《愛情的另一方面》。」

「這本書絕版已久，連我自己都沒有保存，不知道她從甚麼地方找到的。」

「不必去問她。」

我聳聳肩，頗覺詫異了，暗忖：「莎梨既然這樣恨我，怎麼會去找一本我的書來閱讀。說不定，她對我的憎恨已經消除。」

我對於妻的「發現」，極感欣慰。三天過後，妻悄悄地告訴我，說莎梨已經將《愛情的另一面》讀完了。我問：「莎梨有甚麼表示嗎？」妻扁扁嘴，說：「沒有。」

不過，我倒並不因此而感到失望。我認為：她肯自動去找一本我寫的小說閱讀，終歸是一個好現象，最低限度，「邦交」雖未恢復，但「局勢」已大見緩和。

當天下午，莎梨兀自呆呆地坐在客廳裏，不讀書，也不聽唱片。我立即走到她面前，臉上呈露了試探性的微笑。她抬起頭來，居然也牽牽嘴角作笑了。這是恢復「邦交」的最佳機會，絕對不能放棄。於是，我開口了：

「莎梨，最近有沒有看電影？」

「沒有好片子，儘是些西部片。」

「你喜歡看那一類電影？」

她不加思索地答了三個字：「文藝片」。

「這樣說來，你一定非常愛好文藝了？」

「我最近看了好幾本長篇小說，其中有一本是你寫的。」

「真的嗎？」我像演戲似的反問她。

她點點頭說：「你寫得不錯，不過，有一點我不大明白。」

「哪一點？」

她頓了一頓，說：「那個男主角為了貪圖女主角的財產而跟她結合，後來既然真心愛她了，就該有個圓滿的結局。你說對嗎？」

我並不同意莎梨的看法，但也不願為自己的作品分辯，再說，這是八九年前的舊作，寫得不好，可以提出來討論的問題很多，連我自己都不屑再讀一遍。莎梨究竟還年輕，讀小說完全採取「聽故事」的態度，所以特別着重「情節」的發展。她的喜歡《愛情的另一面》，祇因為它是一本刻劃少女心理的東西。其實，這本書寫來一無是處，如果不是因為想藉此與莎梨恢復「邦交」的關係，我很不願意別人提及這部失敗的作品。

「我開始變成你的忠實讀者了。」她說。

這句話並沒有使我感到興奮，相反地，我認為像莎梨這樣的女孩子，應該多在課本上用功夫。

我問她：「甚麼時候舉行大考？」

「還有一個月。」

「那你就該把精神全部貫注在課本上。」

她抿着嘴，不再出聲，閃閃黑而亮的眸子，撥轉身，回入客廳。我以為她生氣了，不免有點耽心；幸而不久又傳來了貓王的歌聲，才斷定她的心緒並未轉劣。

過了一天，有一部彩色國語電影在一家專映西片的頭輪戲院獻映，電影公司的宣傳部送了兩張戲票來，我邀妻一起去看，妻說：「莉莉的熱度還沒有退，我怎麼能去？」

在這種情形之下，我唯有將戲票送給謝氏夫婦了；但是妻不贊成這樣做。她說：

「還是帶莎梨去看吧，前些日子，她對你有些誤會，正好趁此聯絡一下感情。」

我覺得妻的建議很不錯，立刻拿了戲票走去徵求莎梨的意思。

「今天晚上，你有空嗎？」

「為甚麼？」

「如果你不需要溫習功課的話，我這裏有兩張戲票，想請你去看電影。」

「甚麼電影？」

「一部彩色的國語電影。」

她略一沉吟後，點點頭，接受了我的邀請。她走進廚房去徵求母親的同意，謝太聽說我帶她去看電影也不反對。

當天晚上，莎梨梳了個馬尾裝，身穿紫色旗袍，打扮得十分整潔。莎梨的身裁並不高大，但是穿了旗袍倒也另有風韻。啤仔聽說莎梨出去看電影，吵着也要去，我倒無所謂，可是謝太說：「時間太晚，還是讓他早些上牀吧。」

莎梨是個讀番書的女孩子，平時常看西片，因此對國語片的要求也就特別苛。在觀影的時候，她常常挑剔佈景的不夠真實與乎演技的生硬。我的看法稍稍與她不同，我承認國語片的水準還低，但不能將責任完全推在工作人員身上；大部分國語片觀眾至今還無法接受比較新比較進步的東西，因此，使電影不得不停留現階段的水平上。譬如說：莎梨反對劇中人為了迎合淺薄觀眾的趣味，每於劇情發展的緊要關頭，忽然唱上一大段時代曲。關於這一點，凡是有藝術良知的電影工作者都反對的，問題是：製片家必須依靠票房生存，不能祇顧藝術而不理票房價值。

為此，我與莎梨間又有了一次小小的爭辯；不過，這爭辯是在極其友好的態度中進行的，無損於我們的感情。

那天晚上，看完電影出來，時間已不早，莎梨說是有點肚餓，一定要我請她到戲院附近的咖啡店去吃些東西。我說：「還是買幾塊蛋糕帶回家去吃罷。」她搖搖頭，兀自向咖啡店走去。沒有辦法，祇好依從她的意思，跟她進去吃東西。坐定後，我向夥計要了兩杯鮮奶，但是莎梨一定要喝咖啡。

「咖啡提神，喝了會失眠的。」我說。

她笑笑，依舊向夥計要了一杯咖啡，她開始同我討論劇情了。她認為：那個男主角不應該同時愛上兩個女人，他必須在兩者之間作一抉擇。

「但是，」我說：「世界上往往就會發生這樣的事情。」

她板着臉一本正經地對我說：「愛情是不能分割的！」

想不到年紀輕輕的莎梨，竟會說出這樣的話來，我不禁大為詫愕了。稍過片刻，她終於加上這樣的解釋：

「這話是你自己講的。」

「我講的？」

「噯，你這人記性可真差，自己寫的東西，也會忘掉。」

「我寫的？」

「是的，《愛情的另一面》中有這樣一句。」

我啞口無言了，下意識地用銀匙攪混鮮奶。莎梨還是滔滔不絕地發表她的觀後感，我覺得她有些意見相當合理。我向夥計要了兩塊蘋蔭批，一塊給莎梨。

從咖啡店出來，電車多數已經回廠。我怕莎梨睡得太晏，當即雇一輛的士回家。回到家裏，妻還沒有睡，桌上放着一杯鮮橙和兩塊蛋糕，說是給我充飢的。我說我同莎梨在咖啡店裏吃過東西了，妻責怪我不該讓莎梨這樣遲才回來。

第二天，莎梨起身很遲，草草吃了些東西，立刻挾了書包上學去。下午回來，說是遲到了，給老師訓斥幾句，甚覺不值。妻抱着莉莉出去看醫生，我則伏在桌上趕稿。莎梨在客廳裏聽貓王的唱片，但是一首也沒有聽完就「嗒」的一聲將唱機關上了。稍過些時，我偶爾回過頭去，卻發現她站在房門口。

「不溫習功課？」我問。

她聳聳肩，摹擬大人的口氣說：「心煩。」

「你有甚麼心事？」

「我自己也不清楚，」接着像電影明星背誦劇本似的，兩眼瞅着天花板，說：「苦悶哪！真是苦悶透了！」

看到她那種一本正經的表情後，我差點噗哧一聲笑了出來。但是我沒有笑，我用手掩住嘴巴，極力不讓笑容露出。幸而她的眼睛還凝視着上面，我就隨口問她一句：

「你年紀輕輕，怎會感到苦悶的？」

聽了我的問話，她正正臉色，兩眼直直地望着我，說：「我明年十七歲了，還年輕？」

「但是，」我說：「十六七歲是人生的黃金時代，誰也不會在這個時期感到苦悶的。」

她搖搖頭，似乎完全不能同意我的看法。她問：「你看過『玉樓春劫』嗎？」

「是不是根據『日安・憂鬱』改編的？」

「嗯。」

「你為甚麼要提到這部電影？」

「因為我拿它來證明十六七歲的女孩子也會感到苦悶的。」

「莎岡不是一個正常的女孩子，甚至美國的Pamela Moor。也不正常。」

「這不是正常與不正常的問題，這是一種現象。」

莎梨的話語微微使我吃了一驚，彷彿這簡短的一句，已使一個少女在須臾之間成熟了。我不願意繼續討論下去，祇好轉換一個話題：

「你不需要溫習功課嗎？」

想不到她竟反問我：「你能不能暫停寫作兩小時？」

「為甚麼？」

「我們到中環去飲下午茶。」

這邀請大出我意料之外，我連忙搖搖頭，說：「對不起，實在抽不出時間，我今天還要趕五千字。」

我拒絕她的「邀請」，她很不高興，臉一沉，悻悻然回入客廳。遲了一會，貓王的歌聲「東山再起」，而且唱得特別響。我不能集中自己的思慮繼續寫稿，想關門，又怕莎梨生氣，沒有辦法，祇好拉開抽屜，取出藥棉，在每隻耳朵裏塞一點，以為這樣可以抵擋貓王的「攻勢」了，結果，依舊全無效力。我老是執着筆。呆望稿紙，寫不出一個字。

「貓王」的聲浪具有世紀末的瘋狂，很別致，卻不是一個需要清靜的人所能接受。

我忽然有了這樣的一個感覺：時代不同了。以聽爵士歌的興趣來劃分，可以分成三個階段：（一）我們的父親喜歡雅路尊臣，（二）像我這樣的中年人仍會覺得冰哥羅士比是最好的；（三）到了莎梨這一代，「貓王」毫無疑問地變成了他們的偶像。我在星加坡的時候，曾在「快樂世界」聽過尊尼雷和Platters登台獻唱，賣座極好，卻也沒有發生少女們撕破他們襯衫的事情；但是我曾經親眼看見過兩個十七八歲的少女，為了強吻「貓王」的相片，竟引起妒忌，扭作一團，打得落花流水。

這是「貓王」時代。

「貓王」變成了「花衣吹笛人」，全世界的少男少女全都跟在他後面，不自覺地，走上一條沒有目標的道路。

莎梨正是這千千萬萬中間的一個，精神永遠陷於失常的狀態中。當她快樂的時候，聽「貓王」唱歌。當她憤怒的時候，聽「貓王」唱歌。當她意志消沉時，聽「貓王」唱歌。當她不想讀書的時候，聽「貓王」唱歌。

在莎梨的心目中，「貓王」顯然也是謝家的一員，而且地位的重要，不下於啤仔。

誠如莎梨自己所說：這是一種現象。但是，這現象並不太好。

一個鐘點過後，妻抱着莉莉回來了，「貓王」的歌聲仍未中止。妻見我躺在牀上，頗感詫異，忙問：

「為甚麼不寫了？你今天要趕五千字。」

我當即從耳朵裏拉出棉花，伸手指指外邊，妻已經完全明白我的意思了。妻說：

「樓下有間茶餐廳，到下面去寫罷。」

這是一個好主意，早就應該想到了。便立即帶了鋼筆與稿紙，決定下樓去寫稿，經過客廳時，對莎梨笑笑，莎梨裝作看不見。

「難道她又生我的氣了？」我自問自己，百思不獲其解。

我在茶餐廳寫了兩個多鐘點，不好意思繼續坐下去，衹好付了茶賬，回上樓來。

莎梨已出街，問謝太，才知道到同學家裏去閒談了。家裏又恢復應有的寧靜，離開吃飯還有不少時間，我就伏在桌上，繼續趕稿。但是，我的腦子裏卻不時出現一個問題：

「莎梨會生我的氣嗎？」

傍晚時分，莎梨回來了，連「貓王」都不聽，就將自己關在臥房裏。吃晚飯時，她懶洋洋地走出來，見了誰，全不打招呼。吃過晚飯，她又回入臥房去了，掩着門，沒有人知道她在裏面做些甚麼。

我以為莎梨真的生氣了。

但是到了第二天早晨，我的問題終於獲得了解答。時為十點一刻，妻偕同謝太一起到街市去買餸，啤仔忽然縮頭縮腦地走進來，站在我身後，一動也不動。

我回過頭去，問他：「有甚麼事？」

他探手口袋，摸出一封信來，說：「姐姐要我等媽媽出去後交給你的。」

我接過信件，頗感好奇，拆開後，才知道是莎梨寫信給我的。

莎梨的中文一定很差，所以這封信是用英文寫的，大意說：她很喜歡我的小說；也欣賞我的為人，希望我不要把她當作一個小孩子，因為她明年已經十七歲了。她說父親不瞭解她，母親也不瞭解她，啤仔更不必談。而那班同學們又個個幼稚得很，所以，希望我能對她能夠有瞭解。然後，她又做詩似的，寫下不少「無病呻吟」的字句。諸如「寂寞」「孤獨」「眼淚」「淡淡的哀愁」「痛苦的回憶」之類……信尾的一句，特別使我吃驚。她說：「我很痛苦，祇有你才可使我得救。」

讀完這封信，我是啼笑皆非了。啤仔還沒有走，鼓大眼睛楞着我。我對他聳聳肩，扮了個鬼臉。他卻一本正經問我：

「你不寫回信？」

「不想寫。」

「為甚麼。」

「因為我沒有甚麼話要對她說。」

「姐姐臨走時關照過的，你的回信寫好了，也交給我。」

「我不想寫。」

「你一定要寫的，姐姐要你寫了回信交給我。」

「好的，啤仔，我現在沒有空，等我把事情做好了，就寫。」

啤仔頗表得意地回入客廳。

稍過些時，妻回來了。我毫不猶豫地將莎梨的信交給她看。

妻讀了莎梨的信後，微微一笑，絲毫不表憂慮，祇說莎梨的英文寫得不錯。我說：

「莎梨已經到達發傻的年齡了。」

「誰都會經過這個階段的。」

「她竟愚蠢地把我當作對象了。」

「把你當作對象，也不能算是太愚蠢。」

「我應該怎麼辦？」

「寫封回信給她，說你自己也很寂寞。」

「別開玩笑了。」

妻橫波對我一瞅，兀自走到廚房去洗菜。莎梨的問題，雖不嚴重；但也使我感到侷促不安。

中午時分，莎梨放學回家。我在房內繼續寫稿，沒有走出去。啤仔忽然怒氣沖沖地走進來，問我：

「姐姐向我拿回信，你寫好了沒有？」

「我實在沒有空。」

「你再不寫，姐姐要打我了。」

「好的，我寫。」

啤仔取得我的諾言後，走了。我知道女孩子的情感是非常脆弱的，必須小心處理，萬一弄出甚麼事情，我的臉上就不大好看了。於是，我取出信箋，用中文寫了一封簡短的回信給她。

信上這麼說：

「莎梨：你年紀還輕，應該專心讀書，才不致辜負父母的養育之恩。」

我本來還有一些話要跟她說的，勸她不要濫用感情；但是仔細一想，又怕她的理解力不夠，索性甚麼都不提了。

信寫好，將啤仔喚進來，要他轉送莎梨。他高興極了，三步兩腳地走入客廳。遲了一會，客廳裏又有「貓王」的歌聲傳來了。

謝太大聲嚷：「就要吃飯了，還聽甚麼唱片？」

妻進來了，悄聲問我：「怎麼一回事？」我當即將回信的事告訴她。她嘆口氣，說我犯了無法挽救的錯誤。我不明她的話意，一再追問，她才說了這樣一句：

「你根本不懂女孩子的心理。」

「但是信已交給她了，我應該怎麼辦？」

「聽其自然。」

說罷，撥轉身到廚房裏端飯菜。客廳裏貓王的歌聲依然不絕於耳，每一個Note，彷彿一枚釘，扔在我的心坎中，又刺又痛。

下午，謝太出街買東西，要到黃昏才回來。莉莉微微有點咳，妻又帶她到醫生處去打針。家裏祇賸我與兩個孩子，我以為莎梨會趁此來跟我談話的；但是我猜錯了，她竟一直將自己關在房內。啤仔躡足走來，低聲悄語的對我說了三個字：

「她在哭？」

「誰欺侮了她？」

「不知道。」

這樣，我才意識到事情的不容易對付了。莎梨的幼稚無知，使我無法靜下心來寫作。我當即站起身，走到她的臥房門口，曲手指，輕叩房門。

「莎梨，請你開門，我有話跟你說。」

門內全無動靜，祇有抽抽噎噎的飲泣聲。

啤仔幫我敲門，吊高嗓子，大聲喚叫「姐姐」，結果也是一樣。

沒有辦法，我祇好走到唱機旁邊，挑選一張「貓王」的唱片，希望利用「貓王」的歌聲使莎梨的情緒轉好。但是，儘管「貓王」唱得怎樣起勁，總不見莎梨將房門啟開。

我關上唱機，廢然回入自己房內，坐在寫字枱邊，久久發楞，寫不出一個字。稍過些時，妻回來了，見我神氣沮喪，忙問：

「為甚麼不寫稿？」

「寫不出。」

「是不是情緒又低落了？」

「我想……」

「你想甚麼？」

「我們不如搬到別處去住吧。」

「又搬？」妻瞪大了兩隻受驚的眼。

我嘆口氣，作了這樣一個解釋：「還是搬的好，再住下去，一定會有麻煩。」

「是不是莎梨又寫信給你了！」

「沒有。」

「既然沒有，何必要搬？」

「在莎梨做出任何傻事之前，我們還是趁早搬走。」

妻緊皺眉頭，仔細考慮一下，搖搖頭，顯然不能同意我的提議。她認為：謝家是一個高尚家庭，跟他們同屋居住，利多弊少，且對莉莉不會產生壞影響。再說，我們搬來不久，剛剛喘口氣，豈可為了一點小事又搬。

「但是這不是小事。」我說。

妻搖搖手，說：「不要太認真，女孩子的心理，我最清楚。當她正在進入成熟的階段，總要做些傻事出來的。如果不找你的話；一樣也會找別人。祇要不把事情看得太嚴重，我擔保不會有麻煩。」

這樣，我的「搬家」之議暫告打消。

幾乎有三四天，莎梨與我沒有交談過一句。每一次見面，我總是咧嘴而笑；她則始終板着樸克臉。起先，我多少有點不自在；過後一想，覺得這樣更好。

星期日，謝春生一清早就起身了，說是新近買了一架照相機，一定要請我們到「維多利亞花園」去，讓他「一顯身手」。我不想去；但是妻說：

「難得謝先生興致這麼高，去呼吸一下新鮮空氣也好。」

「我今天還有不少稿子要趕。」

「下午回來寫吧。」

於是，七個人分坐兩架的士，「浩浩蕩蕩」的開往銅鑼灣。莉莉和啤仔高興得如同剛下了蛋的母雞，在草地上打滾嬉戲。妻和謝太坐在長椅上閒談家常，謝春生則兀自站在樹蔭下，將全副精神集中在照相機上。留下我和莎梨兩個，呆呆地站在那裏，無事可做。

「今天天氣很好。」我搭訕着說。

莎梨聽了我的話，雖不開口，也不再板起樸克臉了。我知道「有機可乘」，立刻加問一句：

「最近有沒有看電影？」

「沒有人陪我看！」她終於開口了，雖然語氣很難聽。

「事實上，這一期的電影也沒有好的，都是B級片。」

「樂聲那一部還不錯。」

「誰主演的。」

「格力哥利柏。」

「今天星期日，下午叫你父親陪你去看。」

「這是我自己的事，用不着你來參謀。」

談到這裏，謝春生終於將鏡頭的運用方法攪清楚，咧着嘴，笑嘻嘻的要大家集中在一起。

「先來一張兩家歡，你們六個分兩行，三個大人在後，三個孩子在前。」

「你自己呢？」我問。

謝春生笑笑，用相當幽默的口氣答：「我是映相佬，不能參加。」

「這樣吧，」我說：「你站到這裏來，我替你們拍。」

「下一張，我與你掉換一個位置。」

於是，一連拍了兩張「聯盟照」；然後在春生的指導下，兩位太太和三個孩子統通變成了他的「臨時演員」，個個在鏡頭面前表演演戲天才，一會兒坐，一會兒立，一會兒勾肩搭背，一會裝模作樣……竟在短短的一個鐘點內，將兩卷軟片幾乎全部拍完了。最後一張，謝春生堅持我跟莎梨合影。我極力推辭，主張莎梨和啤仔多拍一張。春生反對我的提議，一定要我與莎梨並排站在一起，而且還要我伸出右臂去勾住莎梨的肩膀，以示親善。

兩天過後，春生公畢回家，笑嘻嘻的從公事包中取出一疊相片。這些相片影得並不好，有的太暗，有的太淡，有的模糊不清，有的甚至半張是白色的；比較清楚的還是我和莎梨的那一張。

謝春生自我安慰地說：「這一張是最後拍攝的，證明我進步神速。」

我立即用近似打趣的口吻安慰他：「初顯身手，就能有此成績，已經是非常不容易了。」

他笑了。謝太也笑了。妻也笑了。啤仔和莉莉也笑了。我斜眼對莎梨一瞅，發現她也在笑。

春生將照片遞給我，說是作個紀念，結果卻被莎梨搶去。春生叫她還與我，她不肯。我說：「莎梨要，就讓莎梨拿去吧。」春生聳聳肩，兩手一攤，表示無可奈何。

又過了兩天，莎梨上學去了，妻與謝太太上街市買餸，啤仔忽然躡手躡足地走進房來，反剪雙手，故作神秘地說：「給你看一樣東西。」我要他拿出來給我看，他就從身後取出一隻金色的相架。

原來莎梨已將我與她合攝的那張相片配上了相架。於是，我問啤仔：

「難道這也值得大驚小怪嗎？」

啤仔油臉滑調的扮了個鬼臉，抖抖嘴唇，想說話，又把話語嚥下肚中。我知道他有話要說，立即追問一句，非要他說出來不可，他臉一沉，終於囁囁滯滯地說：

「昨天晚上，姐姐……，她……」

「她怎麼樣？」

「她睡在牀上，對着相片裏的你，罵你是根木頭！」

聽了這句話，我忍不住噗哧一聲笑出來；但是轉念一想，事情這樣發展下去，萬一給春生夫婦知道，還當是我在勾引莎梨。

妻買餸回來，我將這件事告訴她，她一笑置之，認為祇要不再予以鼓勵，時間一久，她就不會做出愚蠢的事來了。

但是，妻的看法並不正確。在以後的半個月中，儘管我避免與莎梨見面或交談，莎梨依舊做了不少愚蠢的事出來。首先，她整天閱讀莎岡的小說了，把現實當作小說中的意象，渾渾噩噩，似癡似醉地過着孤獨的生活。其次，我在《星島晚報》的《讀者版》裏看到這樣一封投書，標題是：「十八歲少女懷春・愛上了有婦之夫」，文內所述，與莎梨同我的情形完全一樣，我懷疑這封書是莎梨寫的，後來果然證明我的猜測無誤。在投書刊出的第二天，我收到一封信。

這封信沒有信箋，也沒有署名，裏邊祇有剪報一張，剪的正是「讀者版」刊出的那封投書。於此，證明了兩件事：（一）此信必定是莎梨發的；（二）那封「投書」也是莎梨寫的。換一句話來說：莎梨並未因為我的規避她而減少愚蠢的舉動。我頗為此咰心。

我將此事告訴妻。她笑笑，仍認為事情並不嚴重。我不再出聲了，總覺得莎梨的行為得不到合理的解釋。她是一個十八歲的少女，正在求學時期，縱或需要異性的安慰，儘可找些年齡相仿的男同學，何必要找我這麼一個早已有了家室的中年人？我為人並不風趣，長得也平常，憑甚麼可以贏得莎梨的青睞呢？難道我的一本失敗了的作品使她着了迷？

我必須找出一個答案。

有一天，莎梨忽然走來找我，說是她的一個女同學在家裏舉行「生日舞會」，沒有Partner，一定要我陪她去。我推說要趕稿，抽不出空。她臉一沉，嘟着嘴，回入客廳。妻知道了這件事，責我不通人情。我欲辯無詞，祇好給莎梨當舞伴。

莎梨高興極了，穿了一襲藍白相間的西裝，還電了雀巢式的髮型。

舞會相當熱鬧，約有二十幾對男女，都很年輕，除了我。莎梨並不因此而減少了跳舞的興致，相反地，還頻頻拉我起舞。

年青人都喜歡跳「樂更樂」與「恰恰」，我平常不大跳舞，對這兩種舞步，大有無法應付之感。

我很窘：但是莎梨臉上卻呈露了倨傲的神情。

於是，我的問題終於找到了答案。原來莎梨早已在同學間渲染過她與我的「羅曼斯」，以為一個十八歲的少女能夠與一個中年男子相戀，實在是一件非常時髦的事。莎岡與派美拉摩亞的變態心理，像巴黎的袋裝或熊貓髮型，在年青一代中，已經成為一種流行病。

莎梨也許比其他的同學更早熟；所以最先染到這種病症。

開快車，讀莎岡的小說，聽「貓王」唱歌，跳OB恰恰，參加「青春聯歡會」，自作多情地愛上中年男子……等等，都是這流行病的病症。

換言之，我在不知不覺中，變成了這流行病的細菌之一。

莎梨挑選我，因為我是一個寫小說的人。

年青人從未體驗過現實的殘酷，因此把一個「爬格子動物」當作了童話裏的騎馬而來的王子。

當我發覺莎梨的用意後，免不了要感到憤恚的，因此一曲未終，我就將她拉出客廳，走入花園，在一棵大槐樹下，往長椅上一坐，我問：

「你看過莎岡的小說嗎？」

「看過的。」

「哪幾本？」

「日安・憂鬱，某種微笑，淺有影子的人們，愛布拉姆斯嗎？」

「你覺得這幾本書好不好？」

「很好。」

「好在甚麼地方？」

「莎岡擅長刻劃少女心理。」

「照我看來，莎岡祇擅長刻劃少女的變態心理。」
「你說甚麼？變態？」
「是的，莎岡筆底下的戀愛都是不正常的。」
「你的意思是：年齡不相仿的男女，就不能相愛？」
「不是不能，而是不應該。」
談話至此，莎梨忽然笑不可仰了，笑了一陣，用手絹抹抹眼睛說：
「六七十歲的差利尚且可以娶尤金奧尼爾的孫女為妻；那末，一個十八九歲的少女為甚麼沒有權去愛上一個中年男子？」
「因為這不正常的。」我說，「尤其不應該的是：將自己的感情當作金鋼鑽一般，在同學間炫耀。」
莎梨顯然聽出了我的話意所在，臉一板，語氣裏含着壓制不住的激盪：
「愛情是沒有條件的！」
「但也不能將別人的感情當作玩物！」
「難道你也動了真情感？」
「我不願意給別人當作傲慢的招牌！」
莎梨彷彿一下長大了十歲，嘆口氣，目無所視地望着前面，幽幽地說：

「也計是我錯了，不過……」

「不過甚麼？」

「我不承認將你的感情當作玩。」

「但是你總該承認我是一個有婦之夫？」

莎梨忽然側過臉來，睜大一對又黑又大的眼睛，對我看了又看，好像要從我臉上找些甚麼似的；然後非常突兀地說了這麼一句：

「你是一個寫小說的人，可是頭腦舊得很。」

我憤然站起，板着臉，一言不發，兀自低頭朝外急走。莎梨疾步追上來，要我吃了晚飯再走，我說：「我還有許多工作要做，必須先走一步。」

我獨自雇車回家，時為六點半。妻問我：「為甚麼不與莎梨一起回來？」我搖搖頭，說：「一言難盡。」妻知道我不想談，也就不再追問下去。

吃過晚飯，妻與謝氏夫婦在客廳裏閒談。莎梨回來了，由兩個男同學攙扶着，一進門，便縱聲癡笑起來。

謝氏夫婦發現莎梨有了幾分醉意，頗感吃驚，問那兩個男同學，也得不到要領。其中之一說：「莎梨在舞會上又哭又笑，說是被她的愛人拋棄了。」

謝春生問：「她的愛人是誰？」

兩個男孩子同時聳聳肩，表示不知情。春生當即吩咐謝太將莎梨扶入臥房，自己則執禮甚恭地送莎梨的同學出門。

莎梨仍在房內縱笑不已。

春生悻悻然走入莎梨臥房，擺出一面孔做長輩的嘴臉，用裂帛似的聲音，問：

「莎梨，你的愛人是誰？」

聽了這幾句問話，我雖然在自己房內，也禁不住揑了一把冷汗，傾耳諦聽，唯恐莎梨胡說八道。

幸而莎梨祇笑不語。

春生逼不出口供。祇好沒趣地走了出來。兩夫婦在客廳裏談論莎梨，對於這位正在成長期的少女表示了最大的憂慮。

這天晚上，莎梨一直在房內癡笑。

這天晚上，謝氏夫婦一直討論到深夜過後，才回房安睡。

這天晚上，我在牀上輾轉反側，一直不能使緊張的情緒寧靜下來。

天亮後，我才迷迷糊糊的闔上眼皮：但是不久又被謝太的一聲叫喊驚醒。

我忙不迭翻身下牀，奔出去，謝太正在打「九九九」，說是家裏有一個人自殺，希望儘速派一輛十字車。聽了這幾句話，我不禁猛發一怔，連忙走到莎梨房口去張望，發現莎梨臉色蒼白，倒在春生懷中呻吟，桌上有一瓶「滴露」，尚餘半瓶。

一會，十字車來了。幾個人七手八腳的將莎梨抬下樓，春生夫婦也隨車而去。

中午時分，謝太回來了，哭哭啼啼的，說是不明白莎梨年紀輕輕，為何要尋短見。

我問她：「莎梨的情形怎麼樣？」

她嘆口氣說：「喝得不多，洗過胃，已經沒有事了。」

莎梨在醫院裏靜躺兩日後，終於恢復健康。她雖然沒將我與她的事講出來；但是我已決心搬到別處去居住了。妻不贊成我的決定；我則認為非搬不可。

妻說：「如果這一次再搬的話，恐怕不容易找到像謝氏夫婦這樣的房東了。」

但是，「為了避免不必要的麻煩，」我說：「即使找不到好房東，也搬。」

妻見我態度堅決，祇好勉強同意我的提議。她要我自己去向謝春生退屋，我不便推辭。當天晚上，吃過晚飯後，春生在客廳裏閱讀晚報，我走出臥房，坦白向他透露退屋的意思。他聽了我的話語後，臉上頓露驚詫之色，楞大一對眼睛，問：

「大家住得好好的，為甚麼要搬呢？是不是啤仔太吵？」

「不。不，啤仔很乖，我們都很喜歡他。」

「那末，為甚麼要搬？」

我一時想不出適當的理由來，唯有支吾其辭地答了一句：

「我……我……，最近的賣稿情形……並不理想。」

春生非常世故，毋需我繼續解釋，立刻堆上一臉笑容，壓低嗓音說：

「這事容易解決，儘管放心，關於租金方面，我可以再酌減多少的。」

我連忙頻頻搖頭，說：「房租實在一點也不貴，祇是我的收入不允許我們繼續在這裏住下去。」

春生說：「這房子是我們自己買的，租金多少，原無多大問題。我們雖屬初交；但彼此相處得很好，所以……在可能範圍內，還是希望你們不搬。至於租金，你說減多少，我決無問題。」

他的誠意，使我大受感動：但是我不能把真正的理由說出來，唯有用歉疚的笑容表示感激。最後，他感喟地嘆口氣，要我仔細考慮一下。我說：「你的好意，我非常感激；但是，我們決定住到月底就搬。」

「月底？」春生說話時眼睛鼓得很大很大，「難道你們已經找到了房子？」

「房子還沒有找到。」

「那又何必這麼匆忙呢？今天已是二十三，到月底祇有一個星期了。」

「遲早總歸要搬的，不如月底搬走，比較好算一些。關於那一個月按金，我本來是應該預早一個月通知的，現在，只好請你體諒我的苦衷，算是一人吃虧一半吧。」

春生十分大方，不但願意退還按金；而且還說了這樣的話語：

「這個年頭，找房子不容易，你們儘管慢慢來找，不要急，等找到合適的房子再搬。我這裏沒有關係，住一天，算一天。」

「這樣不是太便宜了我們？」

春生牽牽嘴角，微笑着說：「友情不是建築在利害關係上的。」

3

我們又開始找房子了，過去經驗，一一重演。奔走了三天之後，仍未能找到合適的。

妻很耽心；我也十分不安。幸而謝氏夫婦並沒有限定我們月底搬走，要不然，我們又將搬入酒店去暫住了。

三十晚上，依舊全無眉目。妻悄聲對我說：「謝家待我們太好了，我們總不好意思叫他們繼續吃虧。明天是一號了，不如先搬到酒店去暫住幾天。」

我說：「何必多此一舉呢？住酒店，開銷大；而且樣樣都不方便。」

妻緊蹙眉尖，低頭尋思。半晌，才興奮地提出這樣一個建議：

「我倒有一個辦法。過去，我們一直租別人的房子，現在不妨試試自己去包一層。」

「你的意思是：自己做二房東？」

「為甚麼不可以？很多人都是這樣做的，有些還依此為生哩！」

「也好。」

於是從第二天起，我們就轉移目標，轉在報紙上尋找新樓出租的廣告。見到有合適的，立刻按址去看。結果，看了五六處：

有的租金昂貴，即使能夠順利租出，加上水電雜費，自己仍須每月付出三四百元；

有的租金比較廉，但是地點偏僻，不容易分租出去；

有的租金不貴，而地點亦適中，看來是相當理想了；但是業主堅持要收頂手；而我們寧可多付兩個月按金，怎樣也不肯出頂費，以免退屋時發生麻煩。

……總之，問題很多。

日子過得很快，一轉眼，已經是五號了。春生非常世故，從不向我們詢問租屋的情形。我們則改變了最初的計劃，所以更加不便談論。每一次見面，我總是苦笑着說：「找是找到了兩三處，只是還沒有落定。」

我們找到了一層唐樓，交通方便；開間亦大，租金每月四百廿，毋需頂手，祇要先繳兩個月按金和一個月上期。

條件不算壞；但是也有問題。第一，唐樓不間房，倘要分租給別人，首先必須花一筆錢來間房。業主對於這一點，特別聲明在先：將來遷出時，按金當然如數退還；但是入牆的東西，諸如間房用的「灰板」之類，一概不准拆卸。

第二：由於這是一座新樓，所以沒有電火設備，我們入伙前，另外需僱請電燈匠駁線。

以上是兩筆額外支出，雖然費用不算太大；但是住期太短的話，實在是很不合算的。

我為此躊躇再三，無法斷然作一決定。

妻說：「這座唐樓的最大好處是：開間比較大，少說也可以間成四房一廳，如果自己住一房一廳，尚餘三間可以分租出去，平均以每間百廿元計算，每月可收三百六，自己祇要挪八十文租金就夠了，加上水電和雜費，也決不會超過一百五，所以——」

「所以要住得長，才不至於吃虧？」

「對，祇要我們在那裏住滿一年半以上，那間房和駁線的費用就可以賺出來了。」

我想了一想，認為事情仍須仔細考慮。

妻說：「不能再考慮了，如果考慮太多，必定一事無成。」

聽口氣，妻對這層唐樓似乎也還滿意，因此，我就決定將它租了下來。第二天早晨，我們去繳租。業主最初堅持即日起租，後來經我一再解釋，才同意十號起算。他說：「這五天本來是不能通融的，不過，你們間房需時，所以就少收五日房租。」

這樣，我們必須在五日之內將間房和駁線的事做好。

我們回到家裏，先將遷出的日期通知謝氏夫婦。謝春生仍在惋惜，認為我們的遽爾遷出是一件莫須有的事。

他是一個感情極其豐富的人，平日沉默寡言，臨到事情發生，竟會表現得如此柔弱，實非始料所及。我曾暗自忖度：「莫非莎梨承繼了父親的氣質，才會做出這麼多的傻事出來？」

但是，那邊的租金已經繳出，反悔不僅近乎滑稽；抑且必須犧牲兩個月租金。為了這個緣故，我唯有依照預定的計劃行事。我請木工間房，又請電燈匠駁線，另一方面，則在《星島晚報》刊登分租的廣告。

廣告刊出後，前來睇房的人不少。由於木工尚未完成間房，所以睇房者皆不肯隨便落定。妻為此頗表耽憂，唯恐房子租不出去。我說：「何必耽心呢？最多租金平些，絕對不會租不出去的。香港人多屋少，住的問題一直無法獲得妥善的解決。」

妻皺皺眉頭，說：「我並不耽心房間租不出去；我耽心租給不高尚的房客。」

我說：「主權在我們手裏，我們可以在收定前加以審慎的考慮，凡是沒有正當職業的，一概不租。」

妻笑笑，不再表示意見。到了十號那天，我們從謝家遷往新居，春生到中環上班去了，莎梨也不在家。謝太不但幫同我們搬東西，臨到分手時，還依依不捨地緊握妻手，要我們得閒常去她家坐坐。

搬家是一件辛苦的事情，我們雖已有過兩次「經驗」，總覺得這一次特別辛苦。過去，我們從一個地方搬到另一個地方，祇要擺好家具，心就安樂了；這一次，擺好家具後，我們還得擔心房子租不出去。

我寫了幾十張「召租」紙，親自拿了漿糊，到附近街角巷口去張貼。

召租貼出第二天，果然來了不少睇房的人。我因為忙於趕稿，祇好將這一項「任務」交與妻。

妻是個內向的女性，見到生人，常常會感到無所措置，要她單獨擔負這一項「任務」，實在是很吃力的。

整整人個下午，門鈴聲不絕於耳，睇房的人川流不息，可是沒有一個落定。

吃中飯的時候，妻講了許多經過情形，說是高尚的房客不會滿意我們的房；那些中意房的人看來又不大高尚。為了這個緣故，所以一間也租不出。

我勸她不要擔心；她皺皺眉，似有悔意，悔不該自己包租。但是我倒並不如此悲觀，認為事情在剛開始的時候，少不免要遭到些困難的。

當天下午，果然來了一對洋氣十足的年青男女，據說剛從歐洲回來，過幾天就要結婚了，所以想找一個新房。我們的房子，雖不理想，倒是名符其實的「新」。兩人對騎樓房看了又看，頗表滿意。那男的自稱姓趙，在巴黎僑居已有三四年，一向與朋友合夥開設豆腐店，不算興旺，可也不用愁吃愁穿。自從去年結識留法學習的南茜後，彼此情投意合，不久就訂了婚。南茜是香港土生的女孩子，答應了趙先生的求婚，附帶一個條件：必須回港長住，並在香港舉行婚禮。趙先生為了南茜，寧願將豆腐店的股份轉讓他人。

趙先生問南茜「喜歡不喜歡這個騎樓房？」

南茜點點頭。

趙先生問我：「多少租金？」

我說：「一百八，一個月上期；一個月按金。」

趙先生睜大眼睛對四周掃了一圈，說：「租金太貴。」

我擺出一面孔包租公的神氣，將大租、間房及駁線的費用如同報賬一般，報與趙先生聽。趙先生似乎對香港租屋的情形完全不熟悉，聽了我的話語後，並未受到感動；只管一味搖頭，說：

「租金太貴了！」

「那末，」我問：「趙先生願意出多少？」

他倒非常爽直，一開口便是：「一百五，多一分錢都不要。」

我想了一想，既不敢效學街市佬賣菜式的討價還價；又不敢立刻作一決定，沒有辦法，唯有將妻拉到一旁，問她意下如何。她眉頭一皺，說：「一百五，似乎少了些，不過，我很喜歡這兩個年青人。」

於是，我作主將騎樓房租給趙先生和南茜。趙先生立即掏出五十文交給我，作為定金。我寫了一張收據給他，南茜才含羞地提出這一個問題：

「我們要到下月初才能搬來，所以希望你們下月初開始起租。」

「下月初？」我不禁發了一怔，問：「為甚麼不現在就搬來？」

南茜怪不好意思地低下頭，臉孔脹得通紅，抿着嘴，久久不說話。結果，還是由趙先生代為回答：

「因為我們還沒有結婚哩！」

聽了這句話，我只管獃磕磕地望着他們，一時答不出甚麼話來了。

妻在一旁，禁不住發問：「這樣一來，我們豈不是要吃虧一個月？」

趙先生沉吟半晌，提出一個折衷辦法，說是大家吃虧一半，二十號開始起租。

事情就這樣決定了，趙先生說：「過一兩天，也許會先車些家具來。」

我說：「隨便你們幾時車來都行。」

一切講定後，他們手挽手地走了。我們雖然在租金方面吃虧了一些；但是總算解決了一個問題。妻不再像先前那樣耽心了，且對包租的前途表示樂觀。

這天晚上，我們睡得很好的。第二天早晨，又來了兩單身男子，說要租中間房。

兩個單身漢：一個老，一個年輕。老的姓王，名叫王榮；年輕的姓麥，名叫麥剛。兩人自稱是表親，皆在中環寫字樓做工，早出晚歸，並不舉炊。

做包租的人最歡迎不舉炊的房客，但是妻對於單身漢總有點不放心。我則認為：有正當職業，沒有甚麼可怕。

談判相當順利，只是王麥兩人肯出的租金似乎少了些。我向他們要一百一十，他們祇肯出八十。最後，大家讓了一步，終以九十五元敲定。

這樣，兩間房間算是租出了，賸下還有一間尾房，不久也以月租八十元租給一個沒有職業的單身女人。

總計起來，我們每月可收的租金是三百二十五元。我們自己祇需繳九十五元就夠了，加上水電雜費，怎樣也不會超過一百五。

妻大表欣慰，認為由三房客改為二房東的計劃已告成功。

我也希望能夠從此一勞永逸。

到了月底，一對新婚夫婦也搬來了。兩人整天關緊房門，難得走出來一次。南茜見到人時，總是羞答答地低着頭，連招呼都不打。

中間房的王榮和麥剛，果然早出晚歸，十分安分。

尾房的那個單身女人，姓金，名叫玉花，三十左右，每天下午總有個五十開外的男人來找她。兩人從不出街，男的一來，女的就將房門關上。有時候，那男的在玉花處吃了飯走；有時候，匆匆來，匆匆關上房門，然後又匆匆地離去。玉花似乎是一個「十三點型」的女人，喜歡無故飲泣，喜歡無故大笑，喜歡強迫他人聽取她的「過去」。

她曾經做過舞女。

據她自己說：有許多男人為她做了不少愚蠢的事情。

「現在，」她告訴妻：「我已經收心了。」

妻素來不願意跟她兜搭，也最怕她嘮嘮叨叨的渲染自己的「過去」。但是逢到這樣的場合，她總是儘可能敷衍她一下的。

談到那個每天來找她的男人，玉花倒也十分坦白：

「他姓章，單名叫做泉。從前相當有錢，後來吃了幾筆倒賬，虧空很多，差點坐監。唉！現在的情形可真的不如從前了，從前坐汽車還得挑選一下顏色，現在也祇好擠電車。」

「可是你還這樣死心塌地守着他？」

聽了這句話，玉花感喟地長嘆一聲，說：「一言難盡！」

接着，金玉花講出了一個秘密：說章泉是個有婦之夫，而且早已有了兩個老婆。大老婆是個老虎乸，已五十多，抓住章先生的一部分現款，死也不放。小老婆原來是金玉花的「姐姐」，卻不同姓。

「她叫傅麗珍，過去也是一個紅舞女。」

「既然你姓金，她姓傅，怎麼會姐妹相稱？」

「我們小時候，家境都不好，先後被一個名叫十二姑的女人收買去，撫養長大，下海做舞女，給她當搖錢樹。」

「這樣說來，你與傅麗珍是從小在一起長大的？」

「她比我大兩歲，所以我叫她姐姐。」

「那十二姑怎樣會不讓你們跳舞的？」

「章泉出錢替我們向十二姑贖身。」

「哦，原來這樣。」妻似乎對這件事頗感好奇。頓了頓，繼續發問：「傅麗珍知道不知道你跟章泉的關係？」

「知道的。」

「她能容忍這樣的事實？」

「所以，我不能讓她知道我的地址；同時，非必要也決不出街。」

「也難為你這樣做人了。」

妻的同情無異給金玉花注射了一枝興奮劑，使金玉花越說越起勁，恨不得一口氣將所有的委屈全都吐露出來。我們本來對金玉花的「過去」並不感到興趣，如今居然也知道得很多了。妻雖然同情金玉花的遭遇，卻也一點都不欣賞像她這一類型的女人，只覺得玉花太寂寞，常常抽些時間出來跟她閒談。

有一天，在閒談時，金玉花無意中透露了另一個秘密，說是中間房的麥剛約她星期日出去看電影。

這是一個有趣的新聞，當妻將這件事告訴我時，我禁不住詢問：「金玉花答應了沒有？」

「她祇說麥剛長得很英俊。」

「這樣就糟了。」

「為甚麼？」

「因為麥剛比章泉年輕得多，再加上近水樓台之利，必定會鬧出事情來的。」

「我們是包租人，當然不能干涉他們的私生活。」

「但是，事情發生在這裏，終歸相當麻煩。」

「這又有甚麼辦法，尤其是情感上的事，別說是二房東，就算是他們自己的父母，也一樣無法加以阻止。」

「話雖如此，我總還有點耽心。」

過了三四天，妻悄悄地告訴我，說金玉花已經與麥剛單獨出去過了，只是章先生還蒙在鼓裏。

金玉花與麥剛的「接近」，使我有了暴風雨即將來臨的預感。妻認為：「這是他們的事情，隨便發展到甚麼程度，我們絕對毋需負責。」我說：「事情終歸會給章泉知道的，到那時，非鬧得一場糊塗不可！」

妻笑笑，淡然說了一句：「我們等着看好戲吧。」

我聳聳肩，說：「可惜我沒有看戲的心情。」

妻用一半責備，一半安慰的口吻說：「如果大家都像你這麼怕事，香港就不會有這麼多人包租了！」

「你等着看吧，」我說：「一定會出事的。」

約莫過了一個月，果然不出所料，發生兩件意料不到的事情。

第一件：金玉花的「姐姐」傅麗珍忽然率領了一隊「娘子軍」，氣勢洶洶地走來，用木棍，掃把之類的東西，將金玉花的「香閨」搗毀。金玉花為此哭了一日一夜，儘管章泉說盡好話，也無法化解她的憎恨。金玉花哭哭啼啼的要章泉保證以後不發生類似的事件，否則就一刀兩斷。章泉最愛金玉花；可是又最懼怕傅麗珍。他捨不得放棄金玉花；又不敢背悖傅麗珍的意志。在這種情形下，除了勸玉花遷移他處外，不會有第二個更好的辦法。金玉花死也不肯搬走，理由當然是不願意離開麥剛，只是章泉成天忙於在三個女人間做綏靖工作，迄今猶未察覺玉花的秘密。

玉花受了這一次侮辱後，對章泉的期望也就限於金錢這項了。從某些跡象看來，她可能已經將其餘的希望全部寄存在麥剛身上。

而麥剛又不像是個循規蹈矩的男人。

因此就發生了第二件意想不到的事情。

那是一個有風有雨的深更半夜，大家睡得正酣，騎樓房忽然傳來一聲驚叫。

我從迷漫中渡到清醒，一骨碌翻身下牀，趿着拖鞋，跌跌撞撞地走出去，扭亮客廳裏的電燈，發現騎樓房的趙先生和南茜站在房門口，滿面怒容，用裂帛似的聲音對我說：

「中間房的那個男人太不要臉了！」

我連忙走到他們面前，柔聲細氣地勸他們：「捺下火氣，有甚麼話，儘可慢慢講。」

趙先生怒氣仍在，指手劃腳地說：「那個男人太沒有禮貌了，竟爬在灰把上面偷看我們！」

這時候，金玉花也起身了，穿着尼龍睡衣，婀婀娜娜地走過來，聽了趙先生的話語，大不服氣，竟直着嗓子替麥剛辯護起來：

「麥先生是個正人君子，絕對不會做這種事情！」

這一下，可氣壞了南茜，認為此事與金玉花無關，用不到她出頭。

於是，兩個女人就嘩啦嘩啦地爭吵起來了，你一句，我一句，像鬥雞似的相持不下。南茜理直氣壯，聲音越說越大；玉花顯然有些理屈詞窮，只管吊高嗓子，卻一點道理也沒有。

中間房的麥剛和王榮自知不對，靜悄悄地躲在房內，不敢走出來。

事情已經清楚擺在面前：麥剛動作下流，給人發覺後，羞得連向人道歉的勇氣都消失了。

而金玉花偏偏要為他分辯，因此碰了一個硬釘子。

趙先生不願意跟女人評理，卻怒氣沖沖地要我提出保證，以後不再發生同樣的事件。

我說：「大家先回房安睡吧，關於這件事，由我來尋求合理的解決。」

這「合理的解決」五個字，談何容易。不過，在當時那緊張的「局勢」中，總算平息了趙氏夫婦的怒氣。大家依從我的勸告，各自回房安睡。第二天早晨，我起身特別早，兀自坐在客廳裏，等候麥剛出來盥洗。

八點正，麥剛出來了。我笑嘻嘻的迎上前去，柔聲細氣的跟他討論昨夜的事。他絕口否認曾有偷窺行為；但是我仍勸他：

「為了息事寧人，最好當面向趙太道歉。」

「道歉？」麥剛用食指指着自己的鼻尖，態度十分強硬：「我為甚麼要向他們道歉？」

「唉，大家同屋居住，應該和和氣氣才好。麥先生，你就聽我一句話，向他們道歉一聲，不就解決了。」

「不行！我決不向他們道歉！」

麥剛的倔強，使「談判」陷於僵局，沒有辦法，我衹好將此事與妻商量，妻認為麥剛行為不檢，理應向趙氏道歉，既然不肯，唯有通知他們下月遷出。妻的理由是：「如果不這樣做，趙氏夫婦必定平不下這冤氣，到那時，問題就更難處理。」

我同意妻的看法，但是仍希望麥剛能夠回心轉意。

九點敲過，麥剛偕王榮照例出中環去上班，趙先生走出來問我：

「姓麥的怎樣表示？」

「他不承認有偷窺的行為。」

「既然這樣，我們除了搬走外，就沒有第二個選擇了。」

「別忙，我有我的處理方法。如果麥剛不肯道歉的話，我一定通知他們搬走。」

趙先生對於我的建議，頗感滿意，暫時算是平了這口氣，將問題交給我處理。當天晚上，麥剛等候章泉離去後，約金玉花到外邊去拍拖，房內祇賸王榮一人。王榮是個上了年紀的人，說話處事都不像麥剛那麼衝動。為了這個緣故，我就趁此走進中間房去，找他談談，希望用道理來說服他，談出一個結果來。

「這件事，」我說：「實在是麥先生太隨便了些。不過，年青人有時候少不免要做些傻事出來的，算不了甚麼大錯，要是他肯向騎樓房的趙先生道歉一聲的話，相信趙先生一定會原諒他的。」

王榮眉頭一皺，臉上呈露着為難的表情，隔了半晌，才說：

「我承認麥剛不應該做出這種事情來，但是要他當面道歉，恐怕就不容易辦到了。你也許還不知道，麥剛這人個性很強。」

「個性強是一件事，偷窺別人的隱私是另外一件事，他既然得罪了趙先生，論情論理，就該向趙先生表示一下歉意。所以，我希望你能跟他談談，把我的意思透露給他。」

「還是不談的好。」

「為甚麼？」

「我知道他的脾氣，談了，不但得不到預期的後果，反會使他惱羞成怒。」

「那末，照你的意思，這件事情該怎麼樣處理？」

「最好還是不了了之。」

「不行，人家趙先生可吞不下這口冤氣。」

「你的意思……」

「我希望麥先生向趙先生作一次口頭上的道歉。」

「如果他不肯這樣做呢？」

這一個問題來得太突兀，使我無暇加以冷靜的考慮。我竟隨口作了這樣的答覆：

「如果麥先生堅持不肯道歉的話，我祇好請你們另找房子了。」

王榮一聽，聳聳肩，說：「好的，等麥剛回來後，我跟他商量一下，明天晚上給你答覆。」

我走出中間房，覺得王榮的態度比我想像中的壞得多，心裏有點氣，恨不得立刻通知他們搬走。妻問我：「麥剛肯不肯道歉？」我當即將「談判」的經過情形告訴她。

她說：「既然這樣，我們就等他們答覆好了。他們如果要搬，當然誰也留不住；反過來，如果他們願意繼續住下去的話，麥剛非向趙先生道歉不可！」

到了第二天晚上，莉莉吵着要到「樂聲」去看電影，我為了要等待王榮給我答覆，所以怎樣也不願意出街。

九點過後，有人輕叩房門，忙不迭走去啟開，以為是王榮，結果卻是金玉花。

「甚麼事？」我問。

她怡然一笑：「我準備這個月底搬到別處去居住。」

「為甚麼？」我頗感詫愕：

「是不是怕你姐姐再來搗蛋？」

「傅麗珍？我才不怕她咧！」

「既然不是為了傅麗珍，那末，大家住得好好的，為甚麼忽然要搬？」

她並不立刻答覆，撇撇嘴，斜眼對我一瞅，忍着羞，只管沉吟不語。因此，我又追問一句：

「是不是章先生的意思？」

「我憑甚麼要聽他的話？」

碰了兩個軟釘子後，我也不便再開口了，她要搬，誰也不能留住她，只是這突如其來的決定，使我意識到事情不簡單。我堅信內中必定另有蹊蹺。

當天晚上，王榮一直沒有來找我。

「奇怪，」我悄聲對妻說，「王榮講定今晚給我答覆的，結果卻在裝糊塗；偏偏來了個金玉花，無緣無故地要退房了，你說奇是不奇？」

「照這情形看來，金玉花的退房並非沒有緣故。」

「甚麼？」

「金玉花已經給麥剛搭上了。」

妻的話語，像一把鑰匙，將我心頭上的謎底揭穿了。金玉花的退房顯然是一種要挾，目的是：要我在「維持原狀而不道歉」與「堅持道歉就失去兩家房客」之間，作一抉擇。

我很生氣，覺得麥剛的手段太卑鄙。

「他們要搬，就搬好了，我不相信有了房子會租不出去。」

妻同意我的看法，認為事情必須堅持到底，要不然，麥剛的態度必定更加跋扈。

不料，第二天中午，騎樓房的南茜走來找我，說是：「決定搬到九龍去居住了。」

我聽了，不禁為之愕然久久。我說：「中間房的麥剛因為不肯向你們道歉，所以我已通知他們另外找房子了；你們何必搬呢？」

南茜說：「我們要搬，還是此刻決定的事，與中間房麥剛完全無關。」

「這是怎麼一回事？」

南茜閃閃又黑又大的眸子，呶呶嘴，慢條斯理地說出了搬屋的理由。

原來趙先生自從法國回來了，一直在設法找一份安定的工作。他雖然在巴黎開設豆腐店，卻畢業於倫敦大學，專攻土木工程，是個專門技術人才。由於離港太久，所以一點入事關係也沒有。他雖然多少有些積蓄；但是坐吃山空，總不是一個道理。因此，每天買些西報來，查看是否有「事求人」的廣告刊登。如果有的話，衹要能力做得到，立刻寫信去應徵。前些日子，九龍有家建築公司登報招聘助理工程師。趙先生看到廣告後，唯恐錯失這良好的機會，親自將學歷送了去，經過口試筆試，然後回來等待消息。今天上午，郵差送來了一封信，說是趙先生已被錄用了，薪金每月一千二，以後每年增加八十元，加至二千三為止。此外，該建築公司還備有職員宿舍，凡是公司職員，不必付房租，皆可免費居住。

趙先生收到這封信，高興極了，立刻叫南茜拿了信，走來找我。

我明白他們的意思，他們要搬，做包租的人當然無法予以挽留或加以挽救，只是目前的情形卻十分尷尬。

起先，中間房的麥剛在半夜偷窺趙氏夫婦房內的動靜，事情發覺後，趙氏夫婦堅決要麥剛道歉，麥剛不肯，我祇好通知他們遷出，就在這時候，半路上忽然殺出一個程咬金，麥剛還沒有給我答覆，尾房的金玉花居然主動地向我提遷出的要求了。金玉花的決定雖然有點突兀，但是仔細一想，突兀中也不無理由，因為玉花既然暗中搭上了麥剛，當然會全力支持麥剛的。我為了給趙氏夫婦一點面子，唯有通知王麥兩人遷出；而麥剛則利用金玉花作為反擊的武器，要我向他屈服。但是，我是個性很強，麥剛越是玩弄手段，我越憎恨。

不料，麥剛的事情尚未搞定，趙先生找到一份安定的職業，決意搬去九龍居住。

如果我堅持麥剛遷出的話，金玉花必然與麥剛共進退；而趙氏夫婦又非搬不可，換一句話說：此事萬一處理不當，三家房客就會遷出！

然而我又不肯向麥剛低頭。

妻知道了這種情形後，認為趙氏夫婦既然一定要搬，祇有設法留住麥剛和玉花了。

「怎樣留？要我去向他們磕頭求拜？」我問。

「別意氣用事，好不好？我自有辦法。」

「你有甚麼辦法？」

「你等着瞧吧！」

妻的辦法是：將趙氏夫婦即將遷出的消息講給玉花聽。

我問：「這樣做，有甚麼用？」

她笑笑，故作神秘地說：「你等着看罷。」

過了一天，妻果然笑嘻嘻從廚房走出來，一邊提起圍裙抹手；一邊說：

「問題解決了。」

「怎麼樣？」

「金玉花和麥剛決定不搬了。」

「真的？」

「騙你做甚麼？」

「究竟是怎麼回事？」

「前天，」妻頗表得意地說：「我將趙氏即將搬去九龍的消息告訴玉花，玉花嘴快，當天晚上就轉告麥剛。」

「麥剛聽了，有何表示？」

「麥剛以為他勝利了，沾沾自喜地叫玉花來問我們，究竟是不是要他們搬？」

「你怎樣說？」

「我說，既然趙氏夫婦要搬了，他們就沒有理由也跟着搬。玉花為人極其老實，聽了我的話，立即將真情講了出來。她告訴我：麥剛本來是無意搬走的，因為我們逼他遷出，他很生氣，轉了一個惡毒念頭，要金玉花採取一致行動，作為要挾。現在，問題已解決，他們也不準備搬了。」

「話雖如此，我對於麥剛的為人頗表不滿。」

「何必管這些呢？衹要他不欠租，不做犯法的事，再壞，也與我們不相干。」

這樣，一場小小的風波終算平息了。趙氏夫婦於月底遷往九龍，我打算將一個月按金還給他們的；但是南茜說：「這是香港租屋的規矩，不必客氣。」

他們遷出後，我又親手寫了幾張召租張貼在街角巷尾；此外還在「晚報」上刊登分類小廣告。

4

星期日上午來了不少睇房的人，多數因為不是梗房，所以不肯落定。其中有一家姓沈的，雖然願意接受我們的條件；但是妻覺得他們人口太多（老老小小共有八口），不肯收定。

到了星期二晚上，忽然來了一個裝束入時的職業女性，姓陳，名叫含英，在中環某進出口商行任職。

「樣樣都過得去，」她說：「就是這房間格得不好。」

我說：「釘兩條鐵線，掛一塊花布不就是了。」

陳含英低頭沉吟，尋思半晌，才幽幽地說：「祇要鄰房的房客能夠自重些，不掛花布也不要緊。」

然後打開手袋，取出五十元落定。

到了月底，趙氏夫婦遷出，陳含英搬來，一切都已恢復正常。含英是漂亮的女人，成天將自己打扮得如同花朵一般，男朋友之多，令人吃驚。含英雖在寫字樓做工，白天不大出街，而晚上則非玩到深夜過後不歸。關於這一點，我們實在百思不獲其解。還有，含英一入廁所，往往非半小時以上不可。麥剛，王榮與金玉花常常向我提出「抗議」，我聳聳肩，認為這是一個人的習慣，一時未必可以糾正過來。除此之外，大家倒也相安無事。麥王兩人依舊早出夜歸；玉花的「章先生」依舊每天來；莉莉進了附近的一家幼稚園；我的寫作產量也逐漸增加了。

這是好現象。

但是好現象並不能維持得很久，約莫過了兩個月光景，妻悄悄地告訴我一個秘密，我就產生了暴風雨即將來臨的預感。

妻說：「騎樓房的陳含英並不在中環寫字樓做事。」

我說：「你怎麼知道？也許她做的是夜班，我們不能胡亂猜測。」

「我問你，那一種寫字樓有晚上辦公的？」

我承認我想不出來。

妻說：「即使做夜班，打扮得那樣香噴噴的做甚麼？你可曾見過這樣漂亮的女職員？」

她的話有理，但我還是說：「凡女人都愛美，這沒有甚麼稀奇！」

「我也是女人，何曾打扮了？」

我說：「你是家庭主婦，自然不同。何況……」我有點慚愧。

「那不是經濟情況好不好的問題。」她一語道破，「我們無論如何總是二房東，陳含英只是個房客，我們還比她強些。」

「那末，你說是甚麼原故？」

「我料定她是個……」

「甚麼？」

「聽她和那些男朋友談話，大半是個舞女，或者是個交際花。」

我心理其實老早就這樣想，但是不願意說出來，這時仍然說：「不管她做甚麼，反正不干我們的事，隨她去好了。而且，我們也無法斷定。」

「我是已經斷定了，而且覺得和我們很有相干。」

「怎麼……？」

「那對於莉莉不大好。」她皺眉說。

我大笑起來，說：「莉莉這麼小，甚麼都不懂。如果再過十年，那才對她有影響。」

妻說：「你不要認為莉莉小，她甚麼都懂得，那天還問我：『媽媽，陳小姐為甚麼有這樣多的男朋友？』你說教我怎麼回答？」

「你怎麼回答？」我對此十分關切。

「我想不出，只不准她再問。」

這樣回答對莉莉仍然不好，但如果她問我，恐怕我也只能這樣說。

為了莉莉，我曾考慮請陳含英搬走，當然也僅僅止於考慮而已。現在有房難租，像這樣一間騎樓房，如果租給五口之家，可能多收一點房租，但勢必把整層樓搞得雞犬不寧，對於莉莉仍然不好。現在陳含英只有單身一人，房客之間可以減少摩擦，我這包租的也就省了很多麻煩。

接着，我終於證實了陳含英是個舞女。

自從聽了妻的猜測，我頓起好奇，這一晚陳含英前腳出門，我後腳就跟了出去。在大街上，她截了一架的士，向東駛去。我也截停一架，跟蹤。

還好，路並不遠，只花了我兩元車費。她走進一所屋子，門口有閃亮的霓虹燈，招牌叫做「桃花源」。桃花源本來是躲避暴政的一處地方，這家舞廳不知為甚麼借用此名，難道跳舞就可以躲避暴政嗎？

我目送着陳含英進去，心中說不出是甚麼感覺。她明知如果直說身份，我可能會不把房子租給她，所以才假稱在寫字樓打工。聽她的談吐也是個知識分子，如果真要找一個寫字樓工作，想必也不會很難。而終於做了舞女，是甚麼使她這樣的呢？

老實說，我倒並沒有看不起舞女的意思，她們大多數都是出於不得已，除了少數幾個是為了物質上的虛榮心，誰甘心去做對人歡笑，背人垂淚的事情呢？

對於陳含英而論，她好像沒有甚麼家庭負擔，人品知識也都過得去，那一定是虛榮心特強的女人了。

但是那一個女人沒有虛榮心？有時連最賢惠的家庭主婦也難免。女人就是女人，她們彷彿就是為虛榮而活着，尤其在香港這個地方。所以我很快就原諒了陳含英，而且決定代她保守這個秘密，連妻也不讓知道，以免無意中失口，傷了她的自尊心。

回到家裏，妻問我跟蹤的結果怎樣。

我說：「在馬路上轉來轉去，忽然不見了陳含英，也不知道她跑進了甚麼地方。那一帶並沒有舞廳，當然也沒有寫字樓，所以她的身份仍然是一個謎。」

妻也覺得奇怪，但她當然相信我的。

過了幾天，卻發生了更嚴重的事情。

這一天，我半夜裏聽到一些聲音，起來查看。冷巷裏沒有點燈，只見一個黑影鬼鬼祟祟地閃過，一鑽就鑽到騎樓房裏去了。

我正要喊出聲來，但拚命忍住，因為這黑影非常熟悉，十分之九是麥剛。

麥剛為甚麼跑到陳含英的房裏去，只有兩種解釋，一是他和含英有了曖昧；另一種是他睡眠曨矇，找金玉花原該向左轉，他卻糊里糊塗的轉向右面去了。

我是包租，不是警察，沒有理由去處理這種事。麥剛和金玉花偷偷摸摸已非一日，我向來隻眼開隻眼閉，從來不去理會。但現在不同，金玉花如果發現這事，說不定會和麥剛及含英拚命，鬧出甚麼「六國大封相」的悲劇來，我這樣做包租的豈不惹上一身麻煩！

因此我決定管一管。

但是怎樣管法呢？衝進含英的房裏去，叫麥剛滾蛋？還是好言勸告，甚至哀求他們這樣呢？這兩個辦法都行不通，而一時又想不出更好的，只得退回臥室，把妻叫醒。

她揉着眼坐起，說：「做甚麼？」

我把所見的情形告訴了她。

「真下流！」她一拍枕頭，忘形地罵起來。

「輕點！」我連忙說：「你罵誰？」

「一屋子都下流，男也下流，女也下流。金玉花的生活靠章先生供給，她又勾搭了麥剛。麥剛和金玉花日久生情，猶有可說；現在陳含英搬來不久，他又和她好，那真叫人……叫人生氣！」

我笑起來說：「這種事談不到生氣不生氣，因為麥剛並不是我，金玉花也不是你。女人的天性使你同情金玉花了，對不對？」

她哼了一聲說：「我才不同情這種女人呢！」

「你聽我說，我們平心靜氣看一看這件事，不必用道德或感情的眼光，只談現實。」

「現實怎麼樣？」

「長此以往，」我說，「這些房客可能會打架，而且會一哄而散，那時就有麻煩了。」

「我倒寧可他們一哄而散。」

「話不是這樣說。現在房客難找，一個去一個來已是大傷腦筋，傾巢而出還了得！而且，他們爭吵打架，萬一鬧出血案，做包租的麻煩更多了。」

我的分析完全站在利害立場，妻聽了果然着急起來說：「那我們怎麼辦？」

「我們是一點辦法也沒有。最好馬上不做包租，那就再無麻煩。但事實上辦不到，所以我們只有步步小心，監視着他們，不使事情鬧大。」

「我們有甚麼權利監視？再說他們把房門關起，要監視也監視不來。」

我說：「不是這一種監視……」

「那末怎樣監視？」

「使章先生不能發現金玉花和麥剛，使金玉花不能發現麥剛和陳含英。只要事情不鬧穿，我們做包租的就不會受累，那就隨他們去胡鬧吧！」

妻說：「這樣我們倒變成替他們做保護了」。

「除此還有甚麼辦法？」我苦笑，「為了我們自己的利益打算，不願做的事情也只好做了。」

「你做吧！我可不做這種事！」

其實我也那裏願做，只是事情鬧穿了於我不利，明知無聊也沒有辦法。這就是做包租的難處。我不知道香港有多少包租人，是不是每一個都有我這種難處，如果是，那末包租這一行實在是可為而不可為的了。

正在這時，又聽到一聲門響，那是章先生走了。我連忙開門出去，正好遇見金玉花關上大門走回來。

她其實是一個不算太壞的女人，儘管她曾經給了我很多麻煩，此時我對她卻有很多同情。一個女人，身為外室，那已經夠痛苦了，因而愛上麥剛，那是無可厚非的。但如今麥剛就在她的眼皮底下和另一個女人好，這對她是一種很大的侮辱，叫教人為她不平。

我們招呼了一下。她徘徊着並沒有離開冷巷的模樣，看情形是在引起麥剛的注意。而麥剛並不在自己房中，他投入了另一個女人的懷抱，即使叫他也不會出來的。

我搭訕着說：「金小姐，秋涼了，你該多穿一件衣服。現在流行性感冒很多。」

「我不冷。」她扯了扯睡衣說，「今晚很靜，都還沒有回來吧？」

「陳小姐好像沒有出去，大概早早睡了。麥，王兩人想是還沒有回來。」我自覺撒謊的本領還算不錯，而且這幾句話說得很響，足夠陳含英和麥剛聽見。

她笑笑說：「單身人就像野馬，總是視歸如死的。」說着慢慢走回自己房裏去了。

這一關，總算由我隨機應變擋過去了。

第二天上午，金玉花和麥剛似乎在辦甚麼交涉，一定是她在查問他昨晚的行蹤了。

我冷眼旁觀，看到麥剛鎮靜得若無其事，心裏對他佩服，同時也就更覺得這個人的狡詐可鄙。金玉花待他這樣好，可能倒轉給他錢用；而他卻這樣對待她，甚至在內心也沒有感到一絲一毫的歉疚。

過了一會，金玉花跑進我的房裏來，說：「抱歉打斷你的工作，我只要十分鐘的時間。」

「不要緊，」我收起紙筆讓坐，「很歡迎你來，我的工作沒有甚麼時間性，有時坐在這裏根本甚麼也不做，很希望有個人談談。」

「你太太呢？」她周圍看了一眼說。

「送莉莉上學去，順便買菜，大概也就快回來了，你找她……？」

「我不是找她，我找你。」

我心想麻煩來了，故作鎮定地說：「有甚麼可以效勞的麼？」

她說：「我們做鄰居很久了，大家不要客氣。我……我想請問你一件事。」

「甚麼事呢？」我點煙，同時給她一枝。

她慢條斯理地吐了一個煙圈，說：「打開天窗說亮話，我和麥剛的事情也瞞不了你，我實在是很愛他的，因為……你知道，我的生活很寂寞。」說到這裏，她慢慢低下頭去，滿腹幽怨都顯出來了。

我不好說甚麼，只是點點頭。

「昨晚，」她說，「你可曾聽見麥剛回來？」

我搖頭，說：「沒有。我這人一睡下去只要幾分鐘就睡着，而且很少半夜醒來。麥剛有鑰匙，他又向來動作輕靈。我竟不知道他是甚麼時候回來的。」

「真的沒有聽見？」

我一味搖頭，其實後來麥剛離開騎樓房，還在房門口和陳含英唧唧噥噥地說了半天，那時我根本沒有睡，甚麼都聽見了。

金玉花嘆口氣說：「麥剛大概是天亮才回來。昨晚章先生來了，這對於他當然是個刺激，他就出去尋歡作樂，算是對我的一種報復。這個我也原諒他了，我們又不是夫妻，對不對？」

我苦笑說：「這種事只有看開些。如果認真起來，做人就只有煩惱了。」

金玉花說：「你講得很對。但昨晚章先生去後，我一直醒着等他回來，預備做宵夜給他吃，要他原諒我的苦衷。而整整一夜，他竟然故意留在外面。」

我皺眉，說：「剛纔你問他，他怎麼說？」

「他說兩點鐘就回來了，見鬼！我又不曾睡着，而且我的聽覺最好。」

我險些笑出聲來，連忙忍住。

她又說：「我直到巴士出廠以後才睡着，他一定是天亮才回來，整整胡混一夜。」

我不明白一夜和半夜有甚麼不同；也許在女人看來是不同的，所以她這樣絮絮不休。

這時，妻買了菜回來。

金玉花彷彿只願由我分擔她的「閨怨」，和妻說了幾句閒話，就回到自己房裏去。

妻悄悄問我：「她說甚麼？」

「自然是在發麥剛的牢騷了。但她想不到鬼就在家裏，還以為他整夜留在外面呢！」

「你告訴她了？」

「我怎麼會告訴她？我不着邊際地勸了她幾句，看她也沒有甚麼大不了，大概只須麥剛向她陪個不是，她的氣就會平下來的，而且也不會和他怎樣吵鬧。因為她自己有一個章先生，沒有理由不許麥剛出去玩。」

妻忽然對她有了同情，嘆口氣說：「她也是個可憐人，其實所有的女人都可憐，幾千年來重男輕女，我們這一代看着好像平等，其實有苦難言。」

我笑起來說：「怎麼？要革命了？」

「當心你的房客們革命吧！我三十多歲的人了，對於革命兩字早已厭倦了。」她笑着走向廚房，回頭又加上一句：「今天有好菜，給你作為慰勞。」

我一笑回房，攤開稿紙，拿起筆來。

上午這一段時間很靜，本來是我最好的寫作時間，但今天不知怎的，坐了一會，竟有無從下筆之苦。

金玉花，麥剛，陳含英這三個人的影子像走馬燈似的在我眼前晃動，互相追逐，永遠碰不到一起。久而久之，我竟像構思小說情節似的為他們試作一種又一種的安排：一會兒麥剛和陳含英結婚，金玉花服毒自殺；一會兒又是金玉花和章先生鬧翻，要正式嫁麥剛，但麥剛的經濟力量又不夠；第三種設想很動人，但也最荒唐，麥剛居然把兩個女人都放棄，而且遷離了這間屋子……

「篤篤……」有人在敲我的房門。

我頭也不回，沒好氣地說：「進來！」

門開了又關上，半晌沒有人出聲。我奇怪了，轉身說：「誰……？」完全出於意料之外，站在那裏的竟然是陳含英！

「打擾你了，」她細聲細氣地說，「真對不起。」

「請坐。」

她怯怯地坐下，好像一個闖了禍的孩子。

我又說：「陳小姐，有甚麼事嗎？」

她頓了一頓，把眼光移向窗外，說：「我來向你坦白。」

「這話奇了！我們……」

她說：「不錯，我們是房東房客的關係，彼此用不上坦白這種字眼。但我覺得負疚，因為我說了謊話，這使我一直心裏難過。」

我想說「我早已查出你的底牌了！」但口中說的卻是：「沒有關係，我們誰不在每天說謊呢！」

「但我的謊話卻可能使你受到損害，所以……所以我現在來告訴你真話。」

我表示很有興趣聽她的真話。

她坐正，雙手放在膝上，緩慢，清晰而莊重地說：「我是一個舞女。」說完像挑戰似地望着我。

我力持鎮靜，說：「那也沒有甚麼？」

「你對我的欺騙不感憤怒嗎？」

「我為甚麼要憤怒？你住我的屋子，按期付房租，只要不給我太多的麻煩，我是不理你做甚麼的。」

「但是現在麻煩來了。」

我仍作不解狀。

含英嚴肅地說：「金玉花和麥剛是否有一種特殊關係？這關係到了怎樣的地步？」

我覺得難於啟齒，想了想說：「金玉花和章先生並不是正式夫妻，所以她——她相當自由。」

她對我的答非所問先頗詫異，想了想說：「你對我說話不必那樣含蓄。我是一個舞女，甚麼露骨的話都聽過都說過。男女關係在我們看來很平常。」

這使我越發不好意思明說，只向她笑笑。

她說：「老實告訴你，麥剛在追求我，換句話說便是想不花錢玩女人。昨晚他闖進我房裏來了……」

我有一點緊張，等候她說下去。

「只是麥剛的估計錯誤。」她冷笑，「我是做甚麼的？為甚麼白白讓他玩？如果我愛上一個男子，倒貼也可以；但我又根本不愛他。」

我有點尷尬，說：「陳小姐，你愛不愛麥剛，完全有你的自由，我是管不着的。」

「你當然管不着。」含英說，「但我要你明白，我完全不愛麥剛，所以如果發生甚麼事，一切責任都該由他負。我雖然做舞女，但我對你也好，對別的房客們也好，可曾有過甚麼輕佻的行為？」

她停住看着我。我只好說：「完全沒有。」

她感覺滿意，攤手一笑。

我忍不住說：「昨晚……？」

「昨晚我忘記鎖門。麥剛摸了進來，弄醒我。我問他有多少錢。他先還花言巧語，後來知道沒有指望了，想離開又不敢，直到三點以後才走。我這才看了出來，他是怕被金玉花撞到，駝子跌交兩頭空。」

原來昨晚麥剛並沒有得到甜頭，也虧他行動實在輕捷，回房時連我也沒有聽見。

「所以我來問你。」含英又說，「如果金玉花準備有一天要嫁給麥剛，倒要趁早勸勸她。」

我說：「男女間的事情很奇妙！湊合也沒用，勸阻也沒用，還是讓他們自然發展的好。」

「你的話也是。」她點頭，「但我實在恨極麥剛這種人，雖然不知金玉花為人如何，總不願見另一個女人上他的當。你們相處較久，你覺得她怎樣？」

「她很孤獨，很愛麥剛，真正有仰望終身的意思。那位章先生對她雖然不錯，終究不是原配，兩人心裏都明白，遲早要分手的。」

含英嘆口氣，說：「女人就是這樣吃虧，流轉風塵也好，做外室也好，心裏總是空空蕩蕩的；就像在大海裏游泳，不知甚麼時候能見到陸地。」

我想說：「那你為甚麼不結婚？」

她彷彿一眼就看出我的心思，苦笑道：「正式嫁人也難。一來是高不成低不就；二來就算湊上了，又不知將來怎樣。我親眼見過多少美滿姻緣，不久都成了話柄。所以我也不嫁人，混一天算一天。」

看不出陳含英倒是個很有心機的女子。我說：「做人不能顧慮那麼多，有一句老話叫做『因噎廢食』，你的想法也就是這樣，那豈不是甚麼都不能做了？」

正說着，妻進來取東西，和含英攀談。

含英彷彿生來只會和男子說話，一見女人就有些期期艾艾，勉強對答了幾句便告辭走了。

妻目送含英出去，低聲笑着說：「怎麼？給包租公送秋波來了？」

我把含英告訴我的一切轉述給她聽。

她說：「如果麥剛真的沒有佔到便宜，我倒有點佩服陳含英了。她對金玉花關切，用心也好。」

「金玉花是不能勸的，你千萬別管！」

「我才不高興管這種事呢！陳含英既有這番好意，要說就讓她自己說去。只是我怕金玉花不但不見她的情，反而會咬她勾引麥剛的。」

我一拍大腿站起，說：「不錯，我們得阻止陳含英做這件傻事，不然吵起來又是我們吃虧。」

「你放心，陳含英到底不是傻瓜，怎會隨便亂說？」

我一想不錯，也就把這件事情擱下了。

三天平安過去，居然並沒有發生甚麼事。

第四天上午，一場暴風雨突然而來。

中午時分，麥剛和王榮都出去了，屋子裏僅有我一個男子。妻在廚房裏，陳含英還未起牀，金玉花突然在冷巷裏吵嚷起來。

我所寫的一篇小說正到了轉折的地方，被她一嚷，把思緒完全攪亂了。我搖着頭開門出去。冷巷裏只有金玉花獨自一個。她身穿睡衣，頭髮亂蓬蓬的，面黃眼紅，簡直像一個未亡人。

我嚇了一跳，說：「金小姐，怎麼了？」

「怎麼了？」她尖聲叫道，「我問你，天下的男人有沒有死光？為甚麼這樣不要臉？」

我愕然半晌，說：「你問我？」

「我自然問你，不問你問誰去？」她把嗓子儘是提高，別說整座屋子，恐怕連左右鄰居都聽到了。

我恍然大悟，明白她是說給陳含英聽的。

「金小姐，」我只好婉言相勸，「你這一陣面色不大好，最好不要生氣。有甚麼事慢慢解釋，船到橋頭自會直，天大的風波也會平下來的。」

「你倒說得輕鬆！」女人最注意自己的容貌，也明白憂能傷人的道理，她果然氣燄弱了。

我又說：「金小姐，到我們屋裏坐坐。我正有些事情想找你談，現在正好。」

她略微遲疑了一下，就隨我進房。

我仍讓房門打開着，招待她坐下，有一搭沒一搭地和她攀談，甚至稱讚她所穿的睡衣，問是從那裏買的。

她這人很單純，注意力漸漸移開了。

一切麻醉劑都有時限，我對金玉花的催眠工作終於失效，她像從夢裏突然醒來，凝視着我說：「騎樓房的女人是做甚麼的，你還不曾知道？」

我只好直認已知陳含英是個舞女。

「既然知道，為甚麼還把房子租給她？」

「租房的時候並沒有發覺。」

「現在發覺了，叫她搬走也還來得及。」

這簡直是「干涉內政」的行為，但她在房客的三票中擁有兩票，我自是不敢得罪她，只好說：「這話很難出口，因為舞女在香港是合法的職業。但我會想別的辦法使她搬走。我有辦法的。」

「你根本不想她搬走，對我打太極罷了。我現在告訴你，若在一個月內，她不搬我搬。」

難題目來了。我想了想說：「原則上以一個月為期，我盡我的力量去辦，只是限期方面不必訂得太死。並不是我打太極，只為事實上有困難。」

「我就是這兩句話，」她說，「已經通知你了，怎麼做都在你。」說完，頭也不回的去了。

她剛走，妻就閃身進來，向我作苦笑狀。

「你都聽見了？」我問。

「聽見了。你預備怎麼辦？」

「金玉花的理由正大，很不容易反駁。」

「但她實際上無非為了驅除情敵。」

「這個自然。」我想了想說，「其實她錯了，麥剛有兩隻腳，不管含英搬去那裏都沒有用。而且含英本來是厭惡麥剛的，這樣一來，反而會激得她去親近麥剛，作為對金玉花的報復。那時她連監視的機會也沒有了。」

「我們不管這些，只考慮包租和房客的關係就夠。」

「不，這兩個問題是糾纏在一起的。我們只有從男女關係上向金玉花分析利害，才能打消她的一意孤行，然後我這個包租人才能無為而治。」

妻想了一會說：「計是好計，只怕金玉花這樣性格的女人未必能夠依從。你要試就試。」

「不，我是男人，怎麼好同金玉花談這些？我看包租婆義不容辭，當然由你親自出馬。」

「我不高興。」她搖頭。

「我也知道你不高興，但為了大局，你只好勉為其難。好太太，你不想莉莉見她們打架吧？」

提到莉莉，她就有點軟化。我打蛇隨棍上，說：「機會湊巧，就是現在去吧！」

妻終於被我打動，向金玉花游說去了。

同時，我聽見陳含英起牀走進了盥洗室。她自然聽到金玉花的吵嚷，而竟能不動聲色，可見她的涵養功夫要比金玉花好得多了。

現在可說是千鈞一髮，如果金玉花聞聲趕出，很可能肇成大禍。我揑着一把汗等候，直到含英哼着流行曲回房，總算沒有發生事故，才放下心來。可知妻的任務至少已有一部分見效，想來正在繼續大力說服中。

我呻了一口長氣，坐到寫字枱前，拿起筆來。糟了，剛纔已佈置得七七八八的情節，經此一鬧，變得無影無蹤，又要從頭想起了。但是情緒已壞，左想右想總覺得不對，坐了半天，結果一字不出。

這時妻回到房裏來了。

我說：「女大使春風滿面，大概交涉成功了！」

她看我一眼坐下，說：「出使辱命，請降三級調用！」

我吃了一驚，連問怎樣。

她還沒回答，已經忍不住「咭咭」一笑。

我這才知道她是故意嚇我，笑笑說：「不要賣關子了，快告訴我，金玉花怎麼樣？」

「她恨死了陳含英，說如果我們不採取行動，她就每天辱罵，將含英罵走。」

「你向她分析利害了？」

「當然。而且我還添上一句，說萬一吵得不可開交時，恰巧章先生到來，那就非常尷尬。」

「好！」我拍案叫絕，「這一下，她應該軟化了。」

「她已心怯，但嘴裏仍然強硬。」

我想了想說：「你們談話時，有沒有聽到陳含英跑進盥洗室？那時我真擔心金玉花衝出來！」

「自然聽見的了。我一直注意着金玉花的神氣，她開始好像頗有一拚的衝動，但那時她已聽我分析過利害關係，終於遏制了衝動。一直到含英離開盥洗室回房，我看她才鬆了一口氣，我也鬆了一口氣。」

「我也鬆了一口氣。」我說，「大概這幾天內，如果沒有特殊變化，想必是不會鬧起來的了。」

「這也難說。萬一兩人狹路相逢，金玉花稍有表示，陳含英是不會忍讓的，一吵開了頭，結果怎樣就誰也控制不了。所以，你這包租公這幾天要提高警惕，日夜守着她們，一聽見有甚麼風吹草動，立刻出來調解。」

我說：「那未免太緊張了！」

她笑說：「誰叫你包租？包租的生活就是這樣！」

妻自然是用開玩笑的口吻說這些話，但事實上卻有至理。從此以後，我真的像獵狗那樣守在房裏，準備一聞變故，立即跳出排解。

這種緊張的生活實在不好受，莫說寫作完全停頓連吃飯睡覺也不得安穩，真正是苦不堪言。

表面上，妻把這個任務交給我負責，其實她自己也不輕鬆。她明白，當兩個女人的衝突到某一程度時，男子是不便插手的，所以她以後備軍自居，準備萬一發生事故，而我已束手無策時，便將挺身而出。

這樣，我們兩人全為此事而緊張，平靜的日常生活完全破壞了。

莉莉雖然只有四歲，小小年紀也覺出了空氣的不尋常，終於圓睜着眼睛問我：「爸爸，你們做甚麼？」

「做甚麼？不做甚麼呀！」

小小的嘴唇一扁，說：「用不着瞞我，你以為我看不出來嗎？」

我抱起她放在膝上，說：「乖乖的，別胡思亂想！爸和媽沒有事情瞞你。」

「一定有的。」這小女孩固執得可驚，完全不像我們兩人中的任何一個。

我鬥不過她，只好說：「你要是不信，儘管問媽媽去，我是實在不知道。」

她笑了，說：「我已經問過媽媽。媽媽也說她不知道，叫我問你。」

「哪！我們都沒有騙你，是不是？」

她知道問不出甚麼的了，從我膝上一溜而下，回頭做了個鬼臉，一蹦一跳地走了。

妻進來。我把這件事告訴她，表示擔心。

她說：「我們一天做包租，就一天免不了有這種麻煩。我們自己倒也罷了，只希望莉莉不受影響，誰知竟然瞞她不過！」

「孟母三遷，為的就是擇鄰。」我說，「現在我們應該鄭重考慮，為了莉莉，是否應該放棄做包租。」

「不做包租，我們三個住一層樓？」

「把這層樓退回給業主，我們仍然租屋住。」

她說：「租屋住就沒有鄰居了嗎？能保證鄰居中就沒有金玉花和陳含英這種人了嗎？」

「自然不能保證，但我們可以選擇，不對就搬。」

「那只怕一年三遷還不夠！」她嘆息，「現在的香港人，孟母大概是一個也看不上眼的。」

心理上有了準備後，緊張的情緒也就因之鬆弛。不料，情緒剛放鬆，緊張的事情立即發生。

那是一個有風有雨的中午，麥剛和王榮早已去中環辦公，家裏靜悄悄的，我們正在吃飯。

騎樓房驀然響起一陣摔物聲，兩個女人像雞叫似的互相詆罵，你一句，我一句，各不示弱。

我們連忙放下碗筷，趕去勸解。

正當金玉花揪住陳含英的頭髮時，妻將金玉花拉了出來。陳含英顯然沒有玉花潑辣，受了委屈，竟跺跺腳，往沙發上一坐，雙手掩面，抽抽噎噎地哭泣起來。我問她：

「究竟是怎麼回事？」

她祇哭不語；但是客廳裏的金玉花只管吊高嗓子，繼續破口大罵，凡是別人不好意思說出口的話，她都罵了出來。

陳含英起先還能壓制自己，但是聽了幾句惡毒話語後，情感猶如脫繮之馬，怎樣也收不住。於是，霍然站起，怒不可遏地要走出去評理。我忙不迭將房門反背一鎖，說甚麼也不讓她走出。她氣極了，歇斯底里地大聲咆哮：

「誰要搶她的麥剛？我陳含英才不稀罕咧！如果我要找男人，隨便中意那一個就揀哪一個，不像她那麼下流，賠了身體，還要倒貼！」

這一番話，說得似刀似刺，使客廳裏的金玉花忽然變成了瘋人，跌跌撞撞地奔到門外，握緊雙拳，邊猛搥板門，邊罵：

「狐狸精！有膽就走出來！」

陳含英也不甘示弱，拍手跺腳的反問她：「誰是狐狸精？你說話清楚些！」

這樣，兩個女人就隔了一層夾板，互相對罵起來，像唱戲似的，越罵越響。

莉莉受不起驚嚇，「哇」的放聲大哭。

妻焦急萬分，在門外大聲喚她們「休戰」，認為有話可以坐下來談，何必一定要吵吵鬧鬧。

這一吆喝果然生效，兩個女人總算靜了下來。

我將陳含英拉出騎樓，好言好語地勸她平氣息怒，說是大家同屋居住，必須和睦相處。

但是陳含英說：「我與她井水不犯河水，她為甚麼平白無故的走來罵人？」

「金玉花一定是誤會了，你應該原諒她一次。」

「誤會？」陳含英故意頓了頓，然後嗤鼻冷笑：「我本來對麥剛一點意思也沒有，不過，她既然無端端地走來冤枉我，就讓我跟她開開玩笑吧！」

陳含英既然在我面前說了這樣的話語，當然一定會做到的，至於甚麼時候做；或者採取甚麼方式，我就無法猜測了。但是，男女之間的關係越複雜；問題必定越多。我們這一層樓，分租出三間房間，結果卻構成了一個微妙的三角關係，成天處在「冷戰」的氣氛中，叫我這個做包租的，怎能安心寫作？

我就此事與妻商量，妻聽了，略加思索，便下了這樣的結論：

「我們不適宜做包租，還是把這層樓退回給業主吧！」

「退屋？」

「做包租需要另外一套本領，我們並不具備。」

「但是，我們搬來還沒有幾個月，單就間房和駁線這兩項來說，已經花去幾百塊錢了。」

「寧可吃虧一些，還是搬走的好。」

「你怕甚麼？」

「不是怕，而是避免麻煩。」妻頓了頓，繼續作了這樣的解釋：「那陳含英是個舞女，對於男女間的事情一定看得很平常，萬一當真跟麥剛勾搭起來，這屋子還會有寧靜的日子嗎？你要知道，陳含英比金玉花年輕；而金玉花又比陳含英潑辣，再加上一個輕浮的麥剛，還愁沒有好戲可看？所以，依我的意思，不如趁早躲開的好。」

妻的建議當然也有道理，只是一動不如一靜，寧可再等待一個時期，希望陳含英的氣憤平息後，兩個女人間的火藥味隨之消失。

我懷着「希望最好，準備最壞」的心情，靜候發展。在最初一個星期內，一切如常，空氣雖然有點緊張，但那是屬於心理的；表面上，大家倒也相安無事。

「看樣子，」我對妻說：「情形並不如我們想像中的可怕，陳含英不過是說了一句氣頭上的話，差點害了我們。」

然而妻的看法比我悲觀得多，她認為：「除非這三個人中間有一個搬出，緊張的局勢決不會緩和。至於目前的平靜，足以說明醞釀中的暴風雨即將來臨。」

我搖搖頭，不相信會有暴風雨。

當天晚上，我們睡得很早。第二天一清早就起身，走入客廳，竟發現金玉花兀自坐在沙發上，手掩臉頰。我頗感詫異，問她受了甚麼委屈，她祇管聳肩啜泣，不答。我不便追問，也就走去盥洗。稍過些時，妻來了，說是金玉花發現麥剛昨夜沒有回來。

「這有甚麼稀奇？」我說。

妻笑笑，故作神秘地答：「問題是：陳含英也徹夜不歸。」

「陳含英在外邊過夜，未必一定跟麥剛在一起。」

「但是金玉花絕對不肯這樣想的。」

金玉花認定陳含英與麥剛一起在外邊過夜，因此哭得非常哀慟，一會兒罵麥剛沒有良心；一會兒罵陳含英不要臉，像一頭剛學會幾句說話的鸚鵡，嘰嘰呱呱，嚷個不停。

妻對金玉花的自尋煩惱，絕不同情；但是站在包租婆的立場，縱然看不順眼，也得堆上笑臉，前去勸慰幾句。妻為人素來直率，除非不開口，否則就會毫不保留將心底話完全說出。

「你不應該把猜想當作事實，」她說：「麥剛在外過夜與陳含英的一夜不歸，也許是巧合，未必一定在一起，即使他們果真在一起的話，你也不能祇顧責備別人，而忘記了自己。你必須冷靜地想一想，就算陳含英做了甚麼對不住你的事，你又何嘗對得住章先生呢？再說，麥剛對你毋需負擔任何責任，喜歡跟誰在一起，就可以找誰。」

「但是，」金玉花說：「我待他這麼好，他不應該背着我跟那個賤貨偷偷來往。」

妻微微一笑，說了一句非常坦白的話語：

「章先生待你也不壞，你為甚麼要背着他跟……？」

此話未免太重了一點，雖然沒有完全講出，可是金玉花心裏也已經很明白了，如果是平時，聽了這樣的話，一定會暴跳如雷的，然而今天不同，今天金玉花的心緒實在太亂。

她恨麥剛。

她恨陳含英。

她沒有辦法再憎恨第三個人。

惟其如此，儘管妻說了一些過分直率的話語，她也不生氣。

十點敲過，陳含英回來了，容顏略顯憔悴，但是依舊呈露着倨傲的神情，當她見到坐在客廳裏的金玉花時，立刻扁扁嘴，鄙夷不屑地瞅了她一眼；然後打開手袋，取出鑰匙，啟開房門，走進去，隨手又將門關上。

接着是接二連三的呵欠聲，很響。

金玉花霍然站起，三步兩腳地走到大門口，拉開大門，像一枝箭般匆匆下樓。

妻向我投來詢問的一瞥，我悄聲對她說：「很可能到樓下士多去借打電話了。」

「打給誰？」

「當然是麥剛。」

妻聽了我的話，若有所悟地「哦」了一聲，搖搖頭，感喟地嘆口氣，說：

「好戲還在後頭哩！」

下午五點一刻，章泉來了，照例被金玉花迎入尾房，關上門。

五點半，麥剛公畢回家，照例拿了毛巾去沖涼。

六點正，陳含英起身，懶洋洋地走出臥房，恰巧與麥剛在客廳裏相遇。

陳含英橫波一睞，對麥剛有會於心的笑笑。麥剛也露了笑容，只是沒有開口。

又過了半個鐘頭，金玉花從尾房走出，濃妝艷服，打扮得十分花枝招展，挽着章泉的手臂，狀極親暱。

毫無疑問，這突兀的舉動中含有「示威」性質。過去，章泉為了避人耳目，從不帶金玉花出街。今天，不知道金玉花用了些甚麼手段，終於說服了章泉，居然雙雙出外遊樂。章泉未必是個傻瓜，祇是絕對想不到金玉花會別有用心。

妻悄悄的對我說：「這是序幕。」

到了七點半，正戲上演：麥剛毫無顧忌地挽着陳含英的手臂，出街拍拖。

這就證明陳含英蓄意要報復金玉花了。換一句話說：兩個女人的敵對姿態業已形成。

吃晚飯時，妻催我趁事情沒有發作，快些將這一層樓退還給業主。

我說：「退屋不是一件簡單的事。」

但是妻認為：「這三角關係發展下來，必定較退屋更麻煩。」

我同意妻的建議，為了避免麻煩，決定退屋，不過，時間上還有問題。我們是十號起租的，現在已經十二號了，向業主退屋，或要求房客遷出，皆須預早一個月通知。如果早三天作此決定，事情就不會像現在這麼複雜了。

「能不能將實際情形告知業主，請他體諒我們處境的困難，通融一下。」

「我們的業主是個精於打算盤的人，絕無情面可言。」

「不妨去試一試。」

「過幾天再說吧，也許情形並不如我們想像中的那麼麻煩。」

妻緊蹙眉尖，說是拖延不能解決問題。但是，在目前的情勢下，想在兩三天內做好退屋手續也是不可能的。所以，「拖延」與「不拖延」，從某種角度來看，實在是沒有甚麼分別的。

這天晚上，我因為要替一家畫報趕寫短篇，所以睡得很遲。約莫十一點鐘左右，有人用鑰匙啟開大門，我以為是麥剛與陳含英，結果卻發現尾房扭亮了電燈。

金玉花在哭；而且哭得很傷心。妻醒了，見我仍在寫作，悄聲問：

「誰在哭？」

「尾房的金玉花。」

「為甚麼？」

「她剛從外邊回來，一進門，扭亮電燈，就哇的一聲哭了起來。」

「真討厭，半深三更還要哭嚷，回頭吵醒了莉莉，多麻煩？你去勸勸她，有甚麼委屈，等到明天再說。」

我擱下筆，站起身，走到尾房門口，叩門，未聞應聲。

「金小姐，你怎麼啦？」我問。

依舊沒有回答。

我只好回房，妻用詢問的目光對我一瞅。我聳聳肩，表示莫名其妙。幸而莉莉睡得很酣，沒有被她吵醒。我繼續執筆寫稿。妻翻個身，又睡着了。

約莫過了一個多鐘頭，尾房的哭聲已中止；有人用鑰匙開大門，立即傳來一男一女的哄笑聲。

麥剛與陳含英回來了。

接着，金玉花從尾房衝出，用裂帛似的聲音怒吼：「賤貨！你也太不要臉了！」

陳含英 有麥剛撐腰，嗓子吊得很高，不顧一切地跟金玉花頂了起來：「誰不要臉？由得你胡說八道？」

話語剛說完，客廳裏就傳來了嘈雜的打架聲。我連忙擱下筆，走出去，扭亮客廳的電燈，發現兩個女人各自猛抓對方的頭髮，扭作一團，拳打腳踢。麥剛拚命想扯開她們，可是一個人的力量不夠。我立即奔上前去，幫同麥剛，一人拉開一個。

兩個女人像兩隻受傷的野獸，一邊喘氣，一邊怒叱，嘩啦嘩啦，吵得不成個樣子。

王榮醒了。妻也醒了。莉莉在房內大哭大嚷。

陳含英的臉頰已被金玉花抓破，正在流血。金玉花完全像個潑婦，拍手跺腳，要跟陳含英拚個你死我活。麥剛夾在中間，表情很尷尬，狼狽得有點手足無措。

金玉花說了許多很不好聽的話語；陳含英也不甘示弱，口口聲聲要金玉花小心些。

在這種情形下，我做包租的人，唯有請他們停止爭吵，各自回房休息。我認為：有甚麼心裏過不去的事，儘可到外邊去解決，絕對不能在家裏鬧出事來。

「否則，」我對她們說：「我祇好報告差館了！」

我將金玉花拉入尾房，不許她走出來與陳含英吵嘴。陳含英也被王榮拉入騎樓房，不再罵人。

一場風波暫告平息。麥剛早已溜入中間房，客廳裏祇有我和王榮兩人，賽若聯合國軍隊一般，監視兩個女人的行動。莉莉究竟是個小孩子，哭了幾聲又給妻哄睡了。

稍過些時，一切似已恢復正常。王榮坐在沙發上，眼圈紅紅的。時常用手背掩蓋嘴巴打呵欠。我對他說：

「看樣子，今晚當可安然渡過。你明天還要上班，不如再去睡一回吧。」

王榮也實在相當累了，聽了我的話，立刻站起身，回房安睡。

時已深夜過後，我還有一千字要趕。為了不願對畫報編者失去信用。祇好回房繼續執筆。我的寫稿速度比一般要慢得多，別人二十分鐘可以寫一千字，我就沒有這種本領。特別是情緒不寧的時候，一千字至少要花一個鐘頭。所以，當我寫好這個短篇時，遠處已有雞啼傳來。我伸伸懶腰，再也沒有心思去考慮退屋的事了。

上牀後，我做了一個夢，夢見自己中了秋季大馬票，收了一百多萬港紙，在淺水灣買一幢巨大的花園洋房，住得非常舒適。

一覺醒來，妻正在亂推我的肩膀。

「有甚麼事嗎？」我在迷漫中問。

妻神色慌張，說話略帶口吃：「糟了，金玉花一早就出去，陳含英知道情勢不妙，立刻到樓下去打電話，找了幾個不三不四的人物來；現在——」

「現在怎樣？」

「章先生也帶來幾個人，氣勢洶洶，存心要找麻煩似的。看情形，弄得不好，可能會在家裏鬧出事來。快起來，動動腦筋，設法將大事化小，小事化無。」

聽了這一番話，我才從迷蒙意識渡到清醒，咂咂嘴，一骨碌翻身下牀，沒有盥洗，就到尾房去找章泉。

章泉一見我，立刻擺出一副不好惹的嘴臉，一問我是否有人欺侮金玉花。我故意頓了頓，知道章某特地來尋事的，衹好陪上笑臉，說是芝麻綠豆式的小事，何必如此認真。章泉的目的，無非想在金玉花面前顯顯威風，固未必真的有意演出「全武行」。如今既已有了落場勢，也就不再追逼了。

然後，我用同樣的方式對付了陳含英這幫人。緊張的情勢，終告和緩。

5

包租人不易做，大出我意料之外。房客們給我添的麻煩，比看別的包租人的嘴臉更難受。妻亦不勝其煩了。成天搖頭嘆氣，嘴上不說，但是心裏的意思當然是很明顯的。

「看情形，」我用試探的口吻問她：「還是做三房客省事得多，你覺得怎樣？」

妻嘆口氣，開始責備自己了：「都是我不好，不應該提議做包租。」

「事非經過不知難，如今，既然體驗過了，就該早日設法解決才對。」

「退屋？」

「祇有這條路可走。」

「但是」，妻說：「這一次的事情就不像過去那麼簡單了。首先，必須早一個月通知這三伙房客，其次，又要預早一個月通知業主退屋；最後，我們自己還得另外找房子。」

「這些都是非做不可的。」

「然而時間上，恐怕很難湊得那麼巧。」

「那是沒有辦法的事。」

「我們又要吃虧了。」

「寧可吃虧一些，這包租的滋味，我是嚐夠了。」

於是，事情就這樣決定下來，先向房客們個別商量，說我接到南洋報館的聘書，決定月底離港南下，希望他們能夠體諒我的苦衷，在各目相讓的原則下共同謀求合理的解決辦法。

房客們的態度最初都很強硬，不知道費了多少唇舌，才將他們說服。

接着，我去找業主，向他透露退屋的意思。業主是個極其慳吝的有錢人，討論問題時，手指不停地在撥弄算盤珠。

他說：「我們做生意的，凡事必須用算盤來解決。你當時是十號起租的，如要退屋，必須在十號之前通知我；但是，現在已經二十號了，而你卻決定在月底遷出，在時間上顯然是不合適的。」

「你的意思呢？」

「我的意思：最好是到下月十號再來通知我，然後再過一個月搬。」

「這不行。」

「為甚麼。」

「因為我已接受南洋報館的聘請，決定月底就動身。」

聽了我的話之後，他略一沉吟，作了一個這樣答覆：「既然月底一定要走，那末，祇好將兩個月按金當作租金了！」

業主的無情使我非常憤恚，我說：「這兩個月按金有收據在我手中，寫明遷出時必須退回的。」

「不錯，按金當然要退回，問題是：你連這個月的租金還沒有繳。」

「縱然如此，也該退回一個月按金才對。」

「唉！你們讀書人，一碰到數字就永遠攪不清了。」說罷，他將算盤往玻璃板上重重一擊，然後用熟練的手法，滴滴答答地算給我看。

算來算去，祇有一句話：按金絕對不能退還。

我說：「如果按金全部充作租金的話，那末，我們就可以再住兩個月了？」

他立刻搶口糾正我：「再住一個月另二十天，而且必須在下月十號正式通知我，否則，又要加多一個月租金了。」

「這是甚麼話？」

「香港租樓的規矩就是這樣，並不是我一個人作出來的。」

「但是，我們還替你出錢駁線間房？」「這是你們的事。」

「假如我在遷出之前將這些東西拆走呢？」

「不能拆！」

「為甚麼？」

「因為租單上寫得清清楚楚，所有入牆的東西，都不能拆走。」

「照你這樣說，如果我們決定月底搬走的話，不但取不回按金；而且連我們花錢裝的東西也不能拆走？」

「一點也不錯。」

他那種倨傲的態度，使我看了非常生氣，我可以吃虧兩個月按金；可是決不肯在意氣上輸給他。於是我臉一板，厲聲疾氣的對他說：

「也好，我決定不搬了！」

這句話顯然使他大大的吃了一驚。他原以為我既已接受了南洋方面的邀請，當然不會為了兩個月按金而改變預定計劃的，殊不知我去南洋做工乃是一種藉口，事實上根本沒有離港的打算，他若故意以此要挾，我寧可硬着頭皮做包租，也不能叫他隨便欺侮人。

他見我態度突然轉強，知道再不讓步，事情必定陷於僵局，因此，當我撥轉身，正要挪開腳步時，他忽然提出了一個折衷辦法：

「這樣吧，我退回半個月按金給你，作為駁線間房的一部分補償。」

我站住了，依舊背着他，問：「你知道單是間房這一項，我用了多少錢？」

「租唐樓就得自己間房，住長了，不僅不會吃虧；而且還可以賺回多少的，你們吃虧的是：

住期太短。」

我無意跟業主討論「租唐樓的利弊」；也不願意接受退回半個月按金的「折衷辦法」。臨走時，還坦白告訴他：到南洋去做工的事根本是一種藉口，並非事實。

他聽了我的話語，立刻站起身來，三步兩腳地走到我面前，笑嘻嘻地攔住我的去路：「這麼一點小事情，難道也無法解決？來，來，坐下再談談。」

「沒有甚麼好談的，除非你肯退回我一個月按金，同時補償若干間房費用。」

他將肥而圓的腦袋搖得如同撥郎鼓一般，說了好幾句：「間房費絕對無法補償！」

於是我們又爭吵起來了。

爭吵結果：退回一個月按金。

我雖然還是吃虧的，總算掙回多少面子。回到家裏，我將「談判」的經過告訴妻。

妻認為：「這樣的結果可能是最好的，我們固然在間房和駁線兩項上曾經花了幾百塊冤枉錢；可是就租金和按金方面來說，我們並沒有吃虧。」

這樣，業主與房客的問題均已解決，剩下來的是：我們又得另外找房子。

找房子實在是一件非常頭痛的事，但是比起做包租，那就簡單得多了。

我們依舊天天翻閱日報的「分類廣告」，認為可以考慮的，用紅筆圈下來，得空時坐車去看，好在還有半個月時間，不必急於落定。

大概看了十天左右，終於在銅羅灣區找到一廳一房，租金二百二，不算太貴，雖然四伙同住，但是除了莉莉之外，沒有第二個孩子，所以倒還清靜。

一切都很順利，從包租身份恢復為三房客，我們不但沒有遺憾，抑且感到愉快。

妻對於新居極表滿意，花了不少精神將兩間小房佈置得相當精緻。我們租的是一廳一房，所謂「廳」，其實是一個裝了鋼窗的騎樓而已。這騎樓面積很大，由包租人用「灰板」一間為二，分成兩廳兩房，一半租給我們；另一半租給馮姓夫婦。

這一層樓的包租是個中年女人，約莫四十幾歲，姓周，自稱「周女士」，但別人叫她作「趙太」。此人口才極好，逢人就笑。從外表看起來，她是一個樂觀的女人，實際上，她的心事卻重得很。當我們剛剛搬進去的時候，妻常常對她的身份表示懷疑，說她單身單口，一會兒姓「周」，一會兒姓「趙」，猜想起來，內中必定另有蹊蹺。

過了些時日，妻在廚房裏煮菜時，果然從尾房簡小姐的口中，獲悉了「周女士」的「謎底」。

原來周女士的丈夫姓趙，人稱老趙，一直在船上做工，每隔四五個月才回來一次，回來後，住不上三五天，就走。換一句話說：這位趙太幾乎長年度着寂寞的歲月，有時候少不免要到「姊妹淘」家裏去打幾圈麻雀消遣消遣，逢到這種場合，她喜歡用「周女士」的身份出現。沒有人瞭解這是甚麼心理，然而周女士之不願意別人稱她「趙太」卻是事實。

「是不是兩夫婦的感情不大融洽？」我問。

妻搖搖頭，說：「老趙是個老實人，省吃儉用，自己一分錢也捨不得用，發薪水後，就上岸將所有薪水全數匯給周女士。」

「老趙的薪水高不高？」

「相當低。」

「也許周女士得不到物質上的滿足，對老趙有所不滿？」

「據簡小姐說：老趙薪水不高，但是撐船人再老實也會帶些私貨的，所以，周女士雖然日子過得單調些；吃穿兩項倒是不用愁的。」

「在香港做人，能夠不愁吃穿的，應該算是幸福的了。」

「然而人是不容易滿足的。」

接着，妻講了許多關於周女士的「過去」給我聽，說她年紀輕的時候，日子過得如同童話裏的公主一般，不知道有多少男人追求她。

「既然這樣，」我問，「怎麼會嫁給老趙的？」

「這中間當然不會沒有纏綿悱惻的情節，再過些時日，我們不會不知。」

「不一定。」

「簡小姐說周女士是回憶的奴隸，常在無聊時，喜歡在別人面前誇張地訴述自己的過去。」

「其實，我對於周女士的過去一點也不發生興趣。」

「那末，你一定對簡小姐發生興趣了？」

「別開玩笑！」我正正臉色，悄聲對妻說，「鄰房的馮氏夫婦一開始就使我有了很大的好奇。」

「為甚麼？」

「我覺得馮先生與馮太太之間似乎有着相當的距離。」

「不相襯？」

「不是不相襯，而是兩人之間存在着距離。」

「我完全不明白你的意思，再說，你根本沒有跟他們交談過一句，怎麼可以斷定他們之間有距離？」

「如果你肯稍為留意一下的話，你也會同意我的看法。」

妻很性急，一定要我將觀察所得告訴她，我不想說，她就鼓嘟着嘴。沒有辦法，我祇好指出兩點：

第一：當我們搬來的第一天晚上，睡至中宵，就聽到馮氏夫婦在隔壁齟齬，聲音不大，但是彼此都有難過的怒氣。

第二：我注意到馮氏夫婦穿着的互不相襯。那位馮先生，名士氣相當重，永遠是一件破領的白襯衣和一條西裝褲，很瘦，很高，彷彿一根竹桿似的，有點駝背，臉色蒼白，舉止斯文，與別人見面時，未開口先帶些羞怯神情。但是那位馮太太就不同了，裝束摩登，穿戴入時，經常將自己打扮得如同花朵一般，不出門，也喜歡在臉上敷脂抹粉。有時候，她坐在客廳裏與周女士閒談，我們坐在房內，也可以嗅到她身上那股濃烈的香水味。她的身材長得很好，高胸脯大屁股，經常穿一對高跟拖鞋，走起路來，橐橐有聲，如果她肯去參加甚麼「選美」之類，倒是頗有入圍希望的。

根據上述兩點，我斷定馮氏夫婦之間必有距離。

但是妻的看法稍稍與我不同，認為舊式夫婦，做妻子的人不大出街，而男人又非天天出外應酬不可，因此男人總是打扮得整整齊齊的，女人反而不大注意修飾；但是新式夫婦的情形往往適得其反。女人愛虛榮，不像男人那麼實際，因此做丈夫的儘可以自己穿破領恤，妻子則非穿戴入時不可。這種現象在香港相當普遍，不足為奇；更不能藉此斷定他們之間有「距離」。

「你等着看吧，」我充滿了自信：「時間將證明我的推測是正確的。」

妻笑笑，不再作聲。

約莫過了三四天，妻要我陪她到中環去替莉莉買些東西，走累了，莉莉嚷着吃蛋糕，我們就走進「告羅士打」去喝下午茶。

坐定後，妻笑嘻嘻地告訴我一些關於馮氏夫婦的「過去」。

「馮氏夫婦都是上海人，」她說：「馮先生名叫士銘，在上海時是個大少爺，從小嬌生慣養，有錢，有勢，只是健康情形太差。」

「甚麼病？」

「心臟。」

「這是相當麻煩的病症。」

「所以馮太一直不把他當作丈夫看待。」

「既然沒有真摯的情感，何必嫁給他？」

「說來話長。」

原來馮太本名黃美娟，是舊時上海的一朵交際花。美娟未必沒有真感情，只因成天在男人堆裏打滾，早已把愛情視作一種商品。當她遇見馮士銘後，醉心於士銘的真誠與財富，毅然跳出風塵圈，下嫁士銘。

「婚後的感情還算不錯，但是……」妻說：「不久戰火從北方蔓延到長江邊緣，士銘受不起驚嚇，建議到香港來小住幾個月，等上海局勢好轉後，再回去。」

「小住幾個月？」

「他最初的打算確是這樣的，祇由地下錢莊匯了幾萬塊港幣。不料來到香港後，上海局勢不但未見好轉，戰火竟繼續向南燃燒。這樣，士銘沒有第二個選擇，祇可以在此久居。」

「既然有幾萬塊錢帶來，如果有點腦筋的話，在這裏，也不難打下一些小小的事業基礎。」

「可惜士銘從小就沒有吃過苦，以為賺錢與花錢一樣容易，祇知道討好美娟；而美娟又無法抵受櫥窗的引誘。所以坐吃了兩三年，幾萬塊終於用光。」

「以後的生活怎樣維持？」

「士銘還有幾個朋友在這裏，憑着過去在上海時的一點舊交情，終算找到了一份相當吃重的工作，薪水不大，每月五百元。」

「他是一個有心臟病的人，怎麼可以做繁重的工作？」

「有甚麼辦法？」

「所以他的健康情形很差。」

「所以夫婦之間的感情並不融洽。」

「感情既然不融洽，為甚麼不離婚？」

「也許還沒有找到更好的出路。」

我嘆口氣，久久噤默，繼續推究這一對夫婦的關係，怎樣也得不到合理的結論。

「回去吧，」妻說，「今晚還要趕四千字。」

我吩咐僕歐埋單，付了錢，抱着莉莉，走到郵政局門口去搭車。回到家裏，才知道包租婆「周女士」到「姊妹淘」處打麻雀去了。尾房的簡小姐也不在。全層樓祇賸馮氏夫婦兩個人。

我在客廳裏見到馮士銘，覺得他臉色不大好看。

「到甚麼地方去？」我問。

他低着頭，愛理不理地答一句：「到樓下去買包香煙。」

這是一件很平常的事；然而我下意識地感到事情並不平常。進入自己臥房，我悄聲問妻：

「你有沒有察覺？」

「甚麼？」

「馮士銘的眼圈有些發紅。」

「不要多疑。」

果然不出所料，馮士銘在樓下買了香煙回來，黃美娟就用裂帛似的聲音對士銘咆哮：

「不行，我一定要買隻新的！」

士銘的聲音雖低，由於祇有一板之隔的關係，我們一樣可以聽得清楚。士銘說：「別這麼大聲好不好？給人家聽了，多不好意思？」

「我一不偷，二不搶，怕甚麼？禮拜六丁珍妮做生日，我不能不戴新錶！」

「現在這一隻也是名廠出品，為甚麼一定要換？」

「這一隻喲，還是結婚時買的，算起來已經十年出頭，連錶面都花得不成樣子，給人看到了，你不怕難為情，我卻沒有面孔去見人！」

「但是……」

「不要老是吞吞吐吐的，乾脆一句話：買是不買？」

「上個月，家裏開支稍為大了一點，我曾經向經理預支過四百塊薪水，這個月就不便再開口。」

「這樣說來，你是決定不買給我了？」

「買是一定要買的，最好能夠緩一個時期。」

「不行！」黃美娟的聲音越說越大，「你能叫丁珍妮緩一個時期做生日嗎？」

噤默。

黃美娟在騎樓上踱來踱去，高跟拖鞋橐橐有聲。

半響過後，才聽到馮士銘細聲問：

「你想買，甚麼牌子？」

「白金四方錶，勞力士或者亞米茄，都可以。」

「白金？」

「別害怕，白金不會比黃金貴多少，大概五六百塊就夠了。」

「五六百？我……我到那裏去找這麼多錢？」

「我不管你到甚麼地方去找！總之，我一定要買一隻白金四方錶！」

對白到此為止，再也沒有其他的聲響了。這突兀的寧靜，使我聽到了自己的呼吸聲。妻偏過臉來，聳聳肩，扮了個鬼臉。我唯有感慨地苦笑。

稍過些時，馮士銘又出街了。

稍過些時，黃美娟也打扮得如同復活節的彩蛋，婀婀娜娜出街。

全層樓祇賸我們一家人，很靜，正好寫些東西。妻到廚房去煮飯，莉莉坐在牀上玩大公仔，我則伏在桌上的寫稿。如果是平時，越清靜，我的寫作速度也越快；但是今天不同，我的腦子裏老是縈繞着馮氏夫婦的問題。

我不知道馮士銘到甚麼地方去；也不知道黃美娟出去做甚麼；但是我有一種預感：馮氏夫婦為了買錶的事，將引起更嚴重的爭吵。

十點左右，馮士銘回來了，臉色蒼白，兩眼深陷，看樣子，可能連晚飯都沒有吃，當他發現黃美娟已外出時怯怯地走到我們房門口，輕輕叩了兩下房門，問我：

「她有沒有說到甚麼地方去了？」

「沒有。」

馮士銘黯然「哦」了一聲，掉轉身，垂頭喪氣地回入自己的臥房，妻對我看看，我說：

「時候不早了，快睡吧。」

「你呢？」

「我趕完這兩千字就睡。」

於是妻將莉莉哄睡後，自己也解衣上牀。很靜，鄰房不時有沉濁的咳嗽聲傳來，我想：馮士銘一定不斷的抽煙。十一點半，包租婆「周女士」回來了，一會兒沖涼；一會兒掃地，稍為熱鬧了一陣，復歸靜寂，十二點正，有人用鑰匙啟開大門，馮士銘以為是黃美娟，忙不迭走去相迎，結果卻是簡小姐。

十二點半，黃美娟還沒有回來。

一點正，我終於將明天必須繳出的稿子全部趕完，但是黃美娟還沒有回來。

當我吃了些東西，熄燈上牀時，已經快兩點了，黃美娟仍未回來。

黃美娟在外邊做些甚麼，與我毫不相干；然而我卻為了這件事煩得不能入睡。

鄰房仍不斷有沉濁的咳嗽聲傳來，這咳嗽聲如同尖針一般，聲聲皆刺我心。

大概到了三點左右，才響起一陣尖銳的門鈴聲，原來包租婆不知道黃美娟未返，竟上了鐵門，使外邊的人即使有鑰匙也無法啟開大門。接着，我聽到馮士銘從房內走出，匆匆走去開門，將美娟迎了進來。

兩人進入臥房後，剛關上房門，就吵了起來，因為是夜深人靜，所以聽得很清楚。

士銘問：「你知道現在幾點了？」

美娟沒好聲氣地說：「我愛甚麼時候回來，就甚麼時候回來！」

士銘用很低然而充滿着憤恚的口氣問她：「你……你究竟到甚麼地方去了？」

美娟的聲音很響：「你管不着！」

「我是你的丈夫，難道連這樣一句話都不能問？」

黃美娟忽然歇斯底里地狂笑起來，笑了一陣，說：「丈夫？虧你說得出口！人家要吃要穿嫁丈夫，我呢？除了吃口苦飯外，甚麼都沒有！」

「美娟，你不能這樣說。當初，我環境好的時候，你要鑽戒就鑽戒，要灰背就灰背，也不見得怎樣的苦。如今，環境已不同，大家都在這裏當難民，以我們的情形來說，比上固然不足，但是比起那些住木屋的，也不能算是太壞。」

「哼！這樣的日子還說不算太壞，你也太容易滿足了！」

士銘沒有接下去說，只是猛咳不已。

美娟又問：「想到辦法沒有？」

士銘邊咳邊答：「找了兩個朋友，大家手頭都很緊。」

美娟嗤鼻冷笑，說：「如果你再借不到的話，我祇好自己去想辦法了！」

士銘不再作聲。

遲了一會，我依稀聽到啜泣聲從鄰房傳來，但分不清是士銘在哭？抑或美娟？……

第二天早晨，吃過早餐，我出街送稿。在電車站等車時，竟發現士銘踉踉蹌蹌的從大押走出來。我故意將臉偏過另一邊表示沒有看見他。

電車來了，我上車。剛坐定，他也上來了，對我笑笑，同我並排坐在一起，還搶着替我買票。

我們雖然同住一屋，卻很少交談，見面時，總是說些客套話，諸如「吃過飯沒有」或者「今天天氣哈哈哈」之類。現在，他到中環去上班，我到灣仔去送稿，距離下車尚有一大段路程，閒着無聊，少不免要找些話題來談談。

先談時局，士銘對時局似乎並不關心；繼而談電影，他對電影也沒有興趣；最後，談到香港的生活程度，他說：

「人浮於事，大家搶着找工做，因此人力變成了最低賤的東西，一個普通白領階層的薪水，統通拿出來，也不夠繳普通一層樓的租金，更遑論其他。此外，香港的櫥窗太誘人，使無力消耗者也抵受不了櫥窗的挑逗而增高物質慾。」

於是，我順口說了一句試探的話語：「不過，你們的情形看來倒很穩定。」

聽了我的話，他感慨繫之的嘆口氣，說：「家家有一本難唸的經，表面上，當然誰都裝得好好的；實際上，唉！……」

接着，士銘就說了一段關於黃美娟的故事給我聽。

「美娟不是一個壞人」士銘說：「只是脾氣暴躁一些。當我最窘迫的時候，她曾經將所有的私蓄全部拿去變賣了，貼補家用。後來，我雖然找到了工作，可是怎樣也沒有辦法歸還她的東西。她是一個物質慾相當強的女人，其實，凡是女人十居其九都有相當高的物質慾。這些年來，她肯跟我始終廝守在一起，過着清苦的日子，已經是很難得的了。」

聽口氣，馮士銘對黃美娟的無理取鬧，不但不加譴責；而且還覺得她的要求即使不近情理，也不能算是過分。士銘的大量，使我吃驚。

接着，他在無意中洩漏了這樣一個秘密：「六七年前，我的經濟情形很壞，凡是可以變錢的東西，都已變賣，一時又找不到工作，心裏焦急萬分，甚至還萌了短見。就在這一籌莫展的時候，美娟竟毅然下海去做舞女，將貨腰所得，拿來維持家庭的開支。」

原來黃美娟曾經做過舞女！

士銘大概看出了我臉上的驚詫之情，略微一停頓後，繼續作了這樣的解釋：

「女人當然不應該到紅燈綠酒的場合裏去拋頭露面；但是為了生活，不能不做。美娟自己也不是不明白這一點，所以當我獲得工作之後，她立刻輟舞。」

想不到經過一夜的爭吵後，士銘對黃美娟不僅毫無怨言；居然還替她的「無理取鬧」作了有力的分辯。

不久，車抵灣仔，我先下車，前往報館送稿。在報館裏與一位編輯閒談了半個多鐘點，出來，順便到「悅興」買了些叉燒與豉油雞，搭乘電車回家。在電車上，憑窗觀看，但是熟習的街景已經不再能夠引起我的好奇了。於是又想起馮士銘剛才跟我說的那一番話。

儘管士銘將美娟的品質說得如何高貴，我總覺得高貴的是士銘，而不是美娟。那黃美娟實在是一個庸俗的女人。

黃美娟的下海做舞女，表面上當然是為了求生存，實底子很可能是為了滿足自己太強的物質慾。

至於她的「輟舞」，也許別有隱情。像黃美娟這樣不知憂患的女人，決不會具有這樣良好的德性。士銘未必不明白，只是在我的面前，想用誇大的讚美來掩飾昨夜的醜惡。

我同情馮士銘；因此被一層淡淡的哀愁蒙住心靈。我嘗暗自忖度：

「馮士銘可能此刻正在期期艾艾的向經理借支薪金。」

回到家裏，卻發現了另外一個秘密。

回到家裏，我將馮士銘在電車上的情形講給妻聽，妻就低聲細語的對我說：

「有個男人在黃美娟房內。」

「誰？」

「不知道。」

「甚麼時候來的？」

「來了半個鐘點左右。」

「也許是馮士銘的朋友。」

「不像。」

「何以見得？」

「那男人是個油頭粉面的傢伙，西裝筆挺，一進門，他賊頭賊腦地問美娟說：『他走了沒有？』美娟說：『你這人膽量真小。』然後，兩人手拉手地進入臥房，關上門，就傳出一連串嘹亮的笑聲。」

「周女士有沒有看到這一幕？」

「周女士坐在客廳裏收聽麗的呼聲，對黃美娟的事，完全無動於衷，好像早已看慣了的。」

「難道馮士銘肯容忍這樣的事實？」

「馮士銘可能根本不知道。」

「即使知道了，又怎樣？」

「所以黃美娟才會這麼大膽！」

談話至此，鄰房又傳來一陣嘹亮的笑聲，這笑聲像小刀子一般，扔在我的心坎裏，又刺又痛，妻知道我怫然不悅了，連忙好言好語地勸我，說是：

「人家的事，何必要我們來操心？」

「但是，」我發現自己的聲音在發抖：「我在等電車的時候看見馮士銘從大押裏走出來。」

「香港生活程度高，有時難免周轉不靈。」

「日子既然這樣難挨，那女人居然還要買白金手錶！」

妻用嘆息作答，扁扁嘴，兀自走到廚房去洗菜煮飯。我攤開稿紙，想寫稿，但是怎樣也無法使自己的情緒寧靜下來，看看錶：十一點正，點上一枝煙，一連吸了好幾口，又將長長的煙蒂扔在煙灰缸裏，那小刀子一般笑聲使我非常不安。

一會，鄰房的房門「呀」的一聲啟開了，但聞黃美娟用嬌滴滴的聲音對「那個男人」說：

「……我會打電話給你的。」

那個男人一邊嘿嘿作笑；一邊說：「好的，好的，隨時打電話給我都可以，……我陪你到新界去吃海鮮！」

接着是關門的聲音，一幕戲劇暫告結束。

正在聽「麗的呼聲」的周女士忽然問了一句：「很久不見沈經理來了？」黃美娟答：「沒有事，就不想找他。」

從這幾句簡短的對白中，我對他們的關係多少有了些認識，「那個男人」姓沈，是甚麼商行的經理，過去常來走動，最近不大來了。黃美娟自認：「沒有事，就不想找他」，可見此人一定是個所謂「出血戶頭」。黃美娟找他，無非想從他身上找些好處。沈黃之間的「關係」，諒必由來已久，只是一直瞞着馮士銘，沒有讓他知道。

香港是一個畸形社會，許多男女關係都是不正常的。黃美娟的事情，不過是許多例子中間的一個。

「但是，」妻問我，「既然這樣，為甚麼不離婚？」

我說：「說不定那位沈經理沒有加重自己負擔的意思。」

妻嘆口氣，說：「離開了，馮士銘就不會有這麼多的煩惱。」

我的看法與妻不同：「馮士銘有心臟病，如果他真心愛黃美娟的話，離婚將會使他遭受嚴重的打擊。」

於是，馮氏夫婦的問題就變成一個難解的死結了。

傍晚時分，馮士銘公畢回家。黃美娟一見他，連房門都不關，立刻像雞啼似地嚷起來：

「怎麼樣？借到沒有？」

「經理不肯，可是我向同事挪借了一些，你……你先拿去，明天再想辦法。」

「九十二塊？」

「是的，一共九十二塊。」

「你知道一隻勞力士的白金手錶最起碼要多少？」

「你……你先將這些錢收下，不夠的，我……我明天再到別的地方動腦筋。」

想不到此語一出，黃美娟竟「哇」的一聲大哭大嚷了，說甚麼「命運壞」，「嫁不到好丈夫」，「不如死掉的好」……嘩啦嘩啦，賽若唱歌似的，越唱越起勁。

馮士銘不但不生氣；還柔聲細氣地百般勸慰。

黃美娟哭了一陣後，忽然奪門而出，下樓，隔五分鐘又回上來，拿了毛巾走進沖涼房去。

沖完涼，士銘問她：「到街市去買餸？」

她厲聲疾氣說：「買餸？你想吃甚麼東西，自己去買好了。我另有約會，出去吃！」

「你又要出去了？」

「怎麼難道嫁給你連這一點自由也沒有？」

接着是一陣可怕的噤默，誰也不說甚麼，儘管我側耳細聽，也聽不到甚麼。約莫過了半小時左右，外邊忽然掀起一陣狂風，吹得玻璃窗乒乒乓乓的，我連忙走去關窗，無意中，發現黃美娟濃妝艷服地站在對街。

雨來了，很大。有一輛新型的「福特」車從雨簾中駛到對街，停下，黃美娟沒帶雨傘，祇用手絹往頭上一遮，冒雨進入車廂。

車廂裏坐着一個男人。這時候，妻匆匆趕來幫我關窗，也看到了這一幕。她說：「很像早晨來過的沈經理。」

「黃美娟未免做得太過分了，」我頗表不平地說，「馮士銘還在房內，難道她就不怕給他看見嗎？」

妻說：「如果她怕馮士銘看見的話，就不會這樣做了。照我看來，她不但不怕馮士銘，而且很有可能是存心這樣做給他看的。」

「為甚麼？」

「理由很簡單：她要馮士銘知道她還沒有老；還有辦法。如果馮士銘不能滿足她的物質慾；自然會有別人肯滿足她。」

「既然如此，為甚麼不乾脆離婚？」

「一定是時機還沒有成熟。」

「但是，馮士銘是個有心臟病的人，不能受太多的刺激。」

「也許這正是不離婚的主要原因。」

談到這裏，妻忽然用食指往嘴前一按，意思叫我不要出聲；然後將耳朵貼近板壁去細聽。我問她：「聽甚麼？」她用很低很低的聲音回答：「馮士銘在哭。」

我聽覺似乎不太靈敏，分不清雨聲與哭聲。妻要我再仔細聽聽。我索性將耳朵貼近板縫。結果卻聽到馮士銘倒在地的聲響。

這一下，可把我們嚇了一大跳。我們忙不迭趕到鄰房去察看，竟發現士銘仰臥在地板上，兩眼眨直，臉色慘白似紙，嘴唇在發抖，呼吸十分迫促。

周女士也聞聲趕來了，見到這種情形，急得如同熱鍋上的螞蟻。

「怎麼辦？怎麼辦？」她嚷。

我立即抬起士銘，將他放在牀上；然後落樓打電話給我熟悉的醫生。

當我回來時，士銘額角雖然出着冷汗；但是神色已經不像剛才那末蒼白了。

「這是舊病，不礙事的，」他有氣無力地說，「只要躺會，就會好的。」

「病總要看的，我替你請了一位醫生來。」我說。

「但是……」士銘期期艾艾的，似有難言之隱。

我明白他的意思，立刻傴僂着背，低聲悄語的對他說：「關於醫藥費用，你毋需擔心，暫時由我給你墊一墊，等你病癒之後，再慢慢歸還給我。」

醫生來了。

醫生替馮士銘打了兩針，又開了一張藥方。離去時，悄聲對我說：

「他的病勢相當嚴重，最好送醫院。」

「好的，等他太太回來時，我跟她說。」

醫生走後，周女士自告奮勇，替馮士銘冒雨去配藥。

妻很忙，一方面要照顧莉莉，另一方面又要到廚房去煮飯，留下我一個人坐在牀邊陪士銘。

士銘臉頰上掛着晶瑩的淚珠，感激涕零地說：「不知道應該怎樣感謝你才好？」

我說：「安心養病要緊，別想這些。」

士銘終於闔上眼皮，臉上有一種憤恚的神情；不再作聲，卻不斷地流下悽愴的淚水。

雨勢轉勁，天已完全黑下來了，我坐在牀邊陪他，想扭亮電燈，又怕燈火驚醒士銘，沒有辦法，祇好靜靜地坐在黑暗中，妻躡腳走來，問我：「甚麼時候吃晚飯？」我說：「等包租婆回來。」

遲了一會，包租婆來了，一進門，就扭亮電燈，見我坐在黑暗中，顯然有點吃驚，士銘醒了，兀自坐起身來，說是精神已恢復，毋需再睡，我勸他多休息，千萬不要起牀。周女士非常熱心，親自給他斟了一杯和暖滾水，用銀匙餵藥給他喝。

「肚餓嗎？」我問。

士銘搖搖頭，抖着聲音說，「不想吃東西。」

我勸他安心睡覺，不要再胡思亂想，我說：「自己身體第一，甚麼天大的事也該放在一邊。」他似乎已經聽懂了我的話意，牽牽嘴角，露了一個苦澀的微笑；然後頗表感激地說：「我……我打了針之後，好……；好得多了，你要寫文章的，請不必顧我。」

我說：「等你睡着後，就走。」

他立刻闔上眼皮，故意裝出非常安詳的神情，其實，在他的內心深處卻燃燒着一撮無法抑制的怒火。黃美娟的自私，使他在感情上不勝負擔了。

吃晚飯時，我替他扭熄電燈，躡足走出來，回入自己房內，周女士對馮士銘的健康情形頗為關心，悄悄進來，問我。

「究竟馮先生的病有沒有危險？」

我答：「醫生說是相當嚴重，最好送醫院。」

「但是馮太不在，我們怎麼能夠作主？」

「所以，我們必須等馮太回來，將經過情形告訴她。」

這天晚上，我必須趕寫四千字；但是面對稿紙，始終靜不下心來寫作。我擔心馮士銘病況有變；也恨透了祇顧自己的黃美娟。

黃美娟企圖用荒唐的行為來麻醉精神上所受的痛苦，結果卻弄壞了正常關係的成長。當馮士銘有錢的時候，他們的關係總算還過得去；當馮士銘陷於經濟上的困境時，黃美娟忍受不了痛苦的煎熬；因此有了荒唐的行為。

這荒唐的行為不能給她任何好處，祇有錯誤地走向不幸。將愛情當作賭注，最後必定會導致感情破產。黃美娟的不肯約束自己，結果卻害了馮士銘。

整整一夜，黃美娟沒有回來。

整整一夜，我沒有將應該寫的稿子寫好。

天微明，妻醒了，見我仍未上牀，忙問：「你怎麼還不睡？」

我說：「心緒不寧，寫不出。」

妻嘆口氣，一骨碌翻身下牀，到廚房裏去端了兩隻生熟蛋和一杯鮮奶出來，要我吃了就睡。我伸伸懶腰，立刻走到鄰房去看士銘。

士銘仰臥着，兩眼直直地盯着天花板，表情呆板，臉上呈露着一種矯飾的從容。

「好點了吧？」我問。

他斜眼對我一瞅，抖聲說：「好得多了，謝謝你們的照顧。」

我問他：「肚餓嗎？」

他答：「不能再麻煩你們，反正美娟也該回來了。」

這輕描淡寫的一句「美娟也該回來了」，卻使我暗暗打了個冷噤。我登時感到一陣刻骨的悲酸，撥轉身，匆匆走出來，要妻煮一碗麥片給士銘吃。

麥片製好後，由我端入士銘房內。士銘低聲對我說：「太麻煩你們了。」

門鈴大作。

我怕鈴聲驚醒莉莉，忙不迭走去開門。

門啟開後，原來是濃妝艷服的黃美娟。她見了我，面露艷佚的笑容，說是匆忙中忘記帶鑰匙，就蒙蒙昧昧地寬恕了自己。

她正擬挪開腳步時，我伸手一攔，然後頷頷頭，暗示她退出大門。她木然楞着我，顯然有點莫名其妙。我將她拉到門外，悄聲對她說：

「馮先生病了，昨夜一度暈倒在地，我們請了醫生來給他打了兩針，醫生認為應該送醫院去治療，你的意思怎樣？」

黃美娟的回答使我大吃一驚：「進醫院？醫藥費誰來負擔？」

這兩句問話像小刀子一般，直刺我心，馮士銘是她的丈夫，與我們有甚麼相干，他病了，送不送醫院，是他們的事。

我是十分憤恚了，恨不得撥轉身，立刻給她一個不理不睬。但是轉眼一想，如果我們不參與這件事，黃美娟決不會關心馮士銘的死活的，萬一有了甚麼三長兩短，我們見死不救，在良知上，咎無可辭。

於是，我對她說：「馮先生的病相當嚴重，非送院治療不可，至於醫藥費，你做妻子的怎樣也該替他想想辦法。」

黃美娟臉一沉，沒好聲氣地答：「我有甚麼辦法可想？」

「但是，醫生說馮先生的病相當嚴重。」

「這是他的事！」

說着，黃美娟竟橐橐橐地走到裏邊去了。我很氣，但也無可奈何。

回入房內，妻問我：「黃美娟說些甚麼？」我祇是搖搖頭，嘆了一口氣。

稍過些時，鄰房又傳來了黃美娟的咆哮：「……怎麼可以不去上班？你們那位經理最怕別人請假，回頭丟了這個飯碗，看你怎樣活下去？」

「……」馮士銘的聲音很低，聽不清。

黃美娟又嚷了起來：「你的病也不是第一次發，為甚麼這一次就不能起牀了呢？」

「……」馮士銘的聲音還是很低。

黃美娟則暴跳如雷：「不行！非去辦公不可！我還等着你給我錢買手錶咧！」

「……」也許馮士銘根本沒有出聲。

黃美娟哭了，但是我完全不明白她為甚麼要哭。

我覺得黃美娟沒有理由用這種態度對待他的丈夫，很生氣，想立刻走去跟她評理，又怕因此引起爭吵，使正在病中的馮士銘愈發不安。

但是無論如何，我絕對不能讓馮士銘在悍妻的壓迫下抱病去辦公。

我坐在客廳裏，靜候。

遲了一會，馮士銘果然拉開房門，抖巍巍地走出來了，穿着一件白恤衫和一條未經燙過的灰色長褲。

看到這種情形，我忍不住噙了眼淚，走到他面前，柔聲細氣的對他說：

「馮先生，你……你應該多休息幾天。」

馮士銘站定了，用枯澀的眼對我投來一個久久沉思而略帶矯飾的注視，呼吸很迫促，憑藉震顫抵禦自己的衝動。

「不要緊的，」他說：「過去也常常這樣暈倒的。」

「但是，醫生說你必須多休息。」

他抖着嘴唇說：「醫生的話有時也不能全信。」然後微駝着背，步履維艱地走向大門，我忙不迭追上前去，用自己的身體攔住他的去路。他站定，抬起頭來，對我看看，眼睛佈滿紅淤的血絲。

「馮先生。」我說：「你應該為自己想想。」

他剛要開口時，黃美娟立刻氣勢洶洶地從房內奔出，像被人踩痛了尾巴的野貓一般，大聲咆哮起來：

「記住！明天一定要買錶！」

馮士銘不作聲，只是正過臉來對我有會於心地一瞅，我立即欠身一邊，讓他踉踉蹌蹌地走出去。

當他舉起沉重的腳步慢慢下樓時，我忽然感到了一陣刻骨的悲酸，馬上接踵下樓，扶着他，輕聲問他身上有沒有零錢，他猛一回頭，噙着眼淚對我久久凝視。我塞了拾塊錢給他，說：

「坐的士去吧。」

他接過鈔票，眼睛一閉，兩顆淚珠就撲簌簌地掉落了。這時恰巧有一輛的士從街角駛來，我連忙揮手招停，小心惴惴地扶他上車。

車子駛開時，他驀地用雙手蒙住面龐，無限悲戚地放聲慟哭。

我站在人行路上，遠望絕塵而去的車子，惘惘然，若有所失，心底掀起一陣莫名的惆悵，紊亂的思潮驚擾得我心神不定，一切都顯得那麼混亂，使我辨不出真與偽，美與醜，善與惡。

回到樓上，我再也靜不下心來寫作。妻說：「你一夜不睡，一定非常疲倦，好好睡一覺罷，報館的稿子回頭我設法叫人送去。」

「我睡不着。」

「何必為了別人的事而煩惱呢？」

我憤然以拳擊桌，說：「如果馮士銘是一條狗，她也不能這樣對待他！」

妻立刻受驚地用食指往嘴前一按：「噓——別讓她聽到了，大家同屋居住，萬一抓破了臉，多麼不好意思！」

「她倒好意思這樣做？」

就在這時候，客廳裏又傳來一陣橐橐橐的鞋聲。妻說：「她下樓打電話去了！」

妻的猜測完全沒有錯，黃美娟下樓打電話去了。約莫過了半個多鐘點，門鈴聲大作，黃美娟喜出望外地奔出去，啟開大門，將那個笑得見牙不見眼的沈經理迎入房內。

房門剛上鎖，裏邊就傳出一串猥褻的哄笑聲。

我氣極了，恨不得衝入鄰房去捉住黃美娟揍打。那猥褻的笑聲，猶如浪潮一般湧過來。我抵受不了獸性的侵襲，憤然站起身，拿了稿子，到報館去送稿。

在電車上，我像失去魂魄一般的發楞，感情極其激盪，怎樣也無法獲得寧靜。

將稿子送往報館後，我不想回家，但是心神交瘁，實已疲憊萬分。

回到家，鄰房的笑聲已止，我以為沈經理走了，然而妻告訴我說：

「自從你去送稿之後，房門一直沒有開過。」

「他們在裏邊做些甚麼？」我問。

「還有甚麼好做？」妻反問我。

「真不要臉！」

妻見我又生氣了，說了很多好話要我息怒，認為別人的事，不必過分關注。然後，端了一杯鮮奶和兩片麵包出來，要我吃了，就睡。而事實上，我也的確是非常疲憊了，頭昏腦脹，不睡也無法支撐。

剛剛上牀，外邊又響起一陣尖銳的門鈴聲。

周女士走去應門，大聲問：「找誰？」

門外的來人吊高嗓子反問她：「你們這裏是不是姓馮？」

周女士說：「馮先生已經上班去了，不在家！」

門外的來人說：「那末，馮太太在不在？」

周女士問：「你有甚麼事嗎？」

門外的來人說：「我們是差人，請你叫馮士銘太太出來。」

聽說是差人，我本能地翻身下牀，披上衣服走出去。鄰房的門「呀」的一聲啟開，黃美娟穿着一襲粉紅色的尼龍睡衣，橐橐地走到大門背後，先對「保險鏡」一看；然後拉開大門。

「甚麼事？」她問。

門外的差人問：「你是馮太太嗎？」

黃美娟點點頭。

差人略微頓了頓，非常審慎地說了這樣幾句：「馮士銘先生剛才坐的士經過皇后道東時，忽然暈厥了。由司機急召十字車救治，現已送往瑪麗醫院。我們獲得消息，特地走來通知你們。」

差人的話語如晴天霹靂一般使大家都吃了一驚，我忙不迭從房內走入客廳，只是黃美娟呆呆地站在那裏，一動也不動。那個「沈經理」依着門檽，右腳踩在門外；左腳仍在門內，兩眼直直地望着差人，顯然有點尷尬。

客廳裏的空氣彷彿固體一般凝結起來了。

大家不作聲，好像在等待甚麼似的。差人走後，周女士關上大門。妻挪步走到黃美娟面前，用很低很低的聲音對她說：

「還呆在這裏做甚麼？快到醫院去看他一次……！」

黃美娟這才如夢初醒地閃閃眼睛，不說話，臉上也沒有表情，只是撥轉身去，向沈經理投以詢問的注視。

沈經理上身穿一件襯衣，沒有扣鈕；下身祇穿一條短褲，發現大家不約而同地凝視他時，才意識到自己的可笑，聳聳肩，狼狽地逃入房內。

黃美娟也橐橐地走了進去。

周女士、簡小姐對我看看，我嘆了一口氣。稍過些時，沈經理出來了，穿上西裝，頭髮也梳得光溜溜的，臉上呈露着尷尬的笑容，獨自一個人走了。

過了些時，黃美娟婀婀娜娜地走入客廳，打扮得十分花枝招展。周女士忽然動了感情，掏出一張紅底交與黃美娟，說是：

「你拿着吧。」

黃美娟老實不客氣的將鈔票接了過去，塞入手袋，走了。

周女士照例走到門背去鎖鐵閂，然後回過身來，感喟地噓口氣，說：

「馮先生的病，照我看來，八成倒是給黃美娟氣出來的。唉！黃美娟做事，有時也未免太過分一點，朋友做生日，就成天吵着要買手錶，幸虧馮先生還不知道她跟沈經理的事，要不然，早就沒有命！」

簡小姐點點頭，附和着說：「馮先生是一個好人，可惜黃美娟不能發現他的好處。」

於是，周女士談了許多關於馮先生做人厚道的事情。談得起勁時，竟改口大罵黃美娟了。簡小姐對黃美娟的印象也不好，說她水性楊花，不守婦道。這樣一來，話題就多了。周女士越說越起勁，竟將黃美娟的秘密一一揭穿。她說：「黃美娟不但同沈經理偷偷摸摸，還有一個時期還強迫馮先生出去找錢，然後暗中倒貼小白臉！」

聽了周女士的敘述，當然不能像井中水一般，連微波都不生。我是一開始就對美娟沒有好感的人，發現她在家裏公開偷漢後，尤為氣憤。我幾次想直言勸告馮士銘放下這個「不必要的包袱」，祇因士銘身體太壞，講了，怕他受不起刺激，所以一直不敢開口。如今，聽了周女士的話語後，我是非常憤恚了，恨不得立刻趕到瑪麗醫院去，將黃美娟的「醜事」講與士銘聽。

妻是最瞭解我的性格的人，唯恐我沉不住氣，一把將我拉入房內，逼我上牀安睡。她說。

「一夜不睡，晚上還趕稿，快點休息罷，回頭累壞了身體，叫我怎麼辦？」

沒有辦法，祇好解衣休息。事實上，我也相當疲倦了，雖然心緒紛紜，但是一闔眼也就迷迷蒙蒙了。

我做了一個夢，夢見馮士銘病癒出院，毅然與黃美娟離婚。黃美娟去找沈經理，竟遭沈經理大罵；黃美娟落了個駝子跌跟斗，兩頭不着實，懊惱萬分，結果跳海自盡。而馮士銘則另娶到一位賢慧的太太，日子過得非常甜蜜。

這是夢，瞬即消逝。

當我醒來時，妻坐在牀邊飲泣。我大感驚詫，忙問：

「為甚麼哭？」

她悽然欲絕地對我一瞅，抖着嘴唇說：「黃美娟剛才回來過了。」

「馮士銘的病嚴重不嚴重？」

妻忍不住眼淚滔滔地說：「馮……馮先生已經死了！」

我不禁猛發一怔，彷彿給人當胸打了一拳似的，久久說不出一句話。我想起了早晨的情景，黃美娟逼他去上班，逼他出去借錢，他穿了一件白恤衫和一條未經熨過的灰色長褲，跌跌撞撞地走下樓去，我怕他跌倒，接踵追趕，扶着他，塞了拾塊錢給他；然後喚停的士，送他上車，但是司機發動引擎，他就雙手蒙住面龐，無限悲戚地痛哭起來。……

這些，是今天早晨發生的事；現在，他已撒手長逝！

我還能清晰地想起他收受鈔票時的情景：兩眼一闔，淚珠兒就撲簌簌地掉落下來。多麼悽慘的一幕；多麼難忘的一幕！

我與馮士銘素無深交，縱然同屋居住，平時也極少來往，直到最近才建立了淺淺的友情；想不到他的死，竟使我在精神遭受了這樣大的打擊！

我恨透了黃美娟。

6

有人說：香港是天堂；其實，很多地獄裏的慘事卻不斷在此發生。馮士銘的死，等於坐在渡輪上將一張白紙投落大海，沒有一點聲音；也不會掀起波紋。

但是，我們絕不能因為許多小人物的死得無聲無息，就說香港是天堂了。事實上，悲劇無時不在搬演。即以眼前這件事來說：馮士銘雖已遽爾逝世；可是馮氏夫婦的悲劇並未因此而落幕。

馮士銘死後，我們以為黃美娟會搬走的；結果卻不搬。

妻很替她耽心，怕她無法維持生活；而我的看法卻稍稍與她有點不同。我認為：「祇要那個沈經理依舊常來走動的話，她的生活費用是不會成問題的。」

事實證明我的看法比較正確。

在短短的半個月中，黃美娟竟由「馮太」一變而為沈經理的「金絲雀」了。

沈經理幾乎每天都來，只是從不過夜。黃美娟經常穿紅戴綠，成天打扮得如同花朵一般，足證其心情之愉快。

一個剛死了丈夫的女人，會有愉快的心情，說起來，當然不合情理；實際上，這種事情在此時此地倒是不足為奇的。

為了這個緣故，沒有人敢在黃美娟面前再提馮士銘了；而黃美娟自己也好像早已將他忘卻了。黃美娟從未因為馮士銘的病故感到內疚。從某種角度來看，她反而因此有了如釋重荷的感覺。

她雖然沒有去參加朋友的生日派對；但是士銘死後不久，她的手上已經戴着白金手錶了。

不必她自己說，誰也知道這是沈經理送給她的。

周女士比較庸俗，居然常在簡小姐面前表示對黃美娟的欽羨。說她已經過了「黃金時代」，居然還能使沈經理這樣為她傾倒，不能不算是好運氣了。

這樣，黃美娟的反常行為竟在不知不覺中教育了周女士。

在黃美娟的物質享受日益提高時，周女士開始「遲歸」了。大家都對周女士的遲歸感到詫異；可是誰也不去向她提出詢問。她自己似乎有點不好意思，常常笑嘻嘻對我們說：「打牌的人都是這樣的，輸了錢，就怎樣也不肯歇手了！」

接着，就大談其麻雀之害，剛談完，立刻換上新製的旗袍，出街打牌去了。

兩個女人的轉變，終於給尾房的簡小姐很大的影響。

尾房的簡小姐，單名叫做「珠」，二十七八歲，尚未結婚，連一個比較接近的男朋友也沒有。

她長得並不醜，只是性情內向，寡言笑，不肯隨便與人兜搭，妻對她的印象很好，沒有事的時候，常去找她閒聊，在聊天中，我知道她曾經受過中等教育，父母早亡，一直寄居在姨媽家裏，姨丈環境不錯，但是好色成性，整天在外尋花問柳，把辛苦賺來的銀紙非常「慷慨」地送給別的女人，姨媽嗜賭，對於丈夫的行為是不大干涉的，後來，姨丈居然向她提出娶妾的要求了，使她感到前所未有的威脅，立刻改變作風，日夜守在家裏，不讓姨丈外出，姨丈是個在外走慣了的，失去行動的自由，祇好向內「發展」了，一個有風有雨的夜晚，簡珠睡至中宵，忽然有人輕叩門扉，馬上一骨碌翻身下牀，趿了拖鞋，走去啟門，門啟開，竟是姨丈，簡珠問他：「有甚麼事嗎？」他笑嘻嘻地問她：「你……你一個人睡在這裏不覺得寂寞？」說罷，伸手摟住簡珠的細腰，意欲非禮。簡珠大驚失色，拚命掙脫，姨丈力大，簡珠祇好嘶聲吶喊，結果吵醒了姨媽，終算沒有受辱。第二天，簡珠越想越氣，留了一封信在桌上，收拾細軟，悶聲不響地走了出來，先在朋友家裏寄住一個短期，等到找到了工作，才獨自一個人移居此處。

半年來，她一直在中環一家進出口商行當打字員。男同事不少，但是一個都不接近。有人追求她；她從不予以鼓勵。因此，同事們給她取了個花名：「冷血動物」。其實，簡珠正在熱情奔放的年齡，當然不會不需要異性的安慰，問題是：她缺乏勇氣去叩開自己的幸福之門。

自從馮士銘死後，黃美娟的情形再加上周女士的轉變，簡珠在不知不覺中，終於也接受了一份離奇的教育。

有一天，我在「美心」飲下午茶，發現簡珠與一個年青男人坐在角隅處，有說有笑，情緒輕鬆。

回家後，我將我的「發現」告訴妻。

妻笑笑，說：

「這不是新聞」。

我頗感詫異；忙問：「你早已知道了？」

妻點點頭，說：「是簡小姐自己告訴我的，我還看過他的相片，高高瘦瘦的，眼睛很大，笑起來左頰有個酒渦。」

我說：「我沒有看得這麼仔細，不過，高高瘦瘦是不錯的。」

「那一定是他了。」妻說。

我十分好奇地問：「他是誰？」

據妻說：簡珠的男朋友姓葉，名「新」，是進出口商行的同事，三十歲不到，也是個沉默寡言的男人，與簡珠配起來，倒很相襯。

「希望這一對能夠有喜劇收場。」我說。

妻點點頭，說是像簡珠那麼謳謹的女孩子，不應該在不正常的戀愛裏討苦吃。

但是，香港這個地方，正常的戀愛並不多。愛情如果不是商品；也會變成賭台上的籌碼。

所以，黃美娟變成了沈經理的金絲雀。

所以，周女士藉口打通宵麻將，經常在外過夜。

所以，三個月過後的一個夜晚，簡珠突然走到我們房內，哭哭啼啼的對妻說：

「葉新是個有婦之夫！」

妻聽了不禁為之詫愕不已，見她兩淚汪汪的，連忙用撫慰的口吻對她說：

「既然是個有婦之夫，就不應該繼續跟他來往了，免得將來痛苦。」

聽了這句話，簡珠竟「哇」的放聲大慟了。妻見她那種悽然欲絕的樣子，心裏不免有些惻然，百般勸慰，都勸不醒她的迷夢。毫無疑問地：簡珠已經跌入溫柔陷阱，冥冥中被一根情感的繩索困綁了。她抽抽噎噎地流着淚水，妻則被她那種無可抑制的悲哀感到迷惘。

「你怎麼會知道他是一個有婦之夫？」妻問。

她抬起頭來，漓淚垂頰地答：「是他自己告訴我的。」

「甚麼時候？」

「昨天。」

「有甚麼特殊的理由嗎？」

「因為……」簡珠欲言又止，很久，很久，楞着看妻。妻略一顰眉，一定要她把理由說出來，簡珠經不起妻的一再慫恿，終於用很低很低的聲音說了這麼一句：「因為我已有了身孕！」

這句話猶如晴天霹靂，使我們大吃一驚。事情顯然已不簡單，而且非從速想辦法不可。經過一番思量後，妻問：

「葉新是不是真心愛你？」

簡珠的回答是：「他曾經不止一次地向我作了這樣的表示；至於他心裏怎樣，我不知道。」

「如果他真心愛你的話，」妻說：「他就該跟他的妻子離婚！」

「這個做不到。」

「為甚麼？」

「因為葉新已經是五個孩子的父親了。」簡珠答。

「那末，」妻問：「你為甚麼事先不打聽清楚。」

於是簡珠就將經過情形原原本本講給妻聽：

那是一個有風有雨的下午，簡珠沒有雨衣；也沒有攜帶雨傘，兀自坐在寫字樓裏發愁。葉新的住所比簡珠更遠，然而是同路。葉新建議雇車送她回家，她有些不好意思，結果還是點了頭。在路上，彼此交換了自己的興趣所在，並沒有談到別的。第二天，下班後，葉新邀簡珠到「美心」去飲下午茶，簡珠答應了。飲茶時，談了許多關於電影明星私生活之類的事情。茶後，兩人到娛樂去看電影。……從此，不論落雨或天晴，一下班就去飲茶觀影上酒樓。……有一天晚上，葉新忽然有了些喝酒的興趣，要簡珠也喝。簡珠平時難得喝一次酒，幾杯下肚後，醉了，醉後的情形完全不清楚。那天晚上，簡珠回到家裏，已經是深夜過後了。簡珠對於這件事毫無悔意，但是到了昨天……

「當我將懷孕的事實告訴他時，」簡珠說：「他竟撇撇嘴，用鄙夷不屑的目光對我一瞅，然後說出他是一個有婦之夫，而且已經有了五個孩子。」

「他為甚麼不早些告訴你？」妻問。

簡珠用手指抹去眼角的淚水，嘆口氣說：「如果他早些告訴我的話，我也不會喝下這麼多杯酒的。」

妻又問：「他既是你的同事，為甚麼不向別人打聽他的情形。」

簡珠支支吾吾地說了這麼一句：「我……我……我太信任他了。」

「現在，你準備怎樣？」

「我要求他跟我結婚，他不肯；而肚裏的那塊肉卻一天比一天脹大，再遲，恐怕來不及了。」

妻聽出了她的話意，連忙把頭髮搖得如同撥郎鼓似的，怎樣也不許簡珠有這個念頭。但是簡珠說：「我自己做錯了，卻不能讓孩子到世界上來代我受苦！」

妻說：「那是一種犯法的行為，絕對不可以這樣。」

簡珠又哭了，哭得上氣不接下氣。妻極力勸慰她，要她拿出勇氣來面對事實。

簡珠非常傷感地說：「肚裏有了這個孽種，叫我今後怎樣抬起頭來做人？再說，肚子大了，當然不便繼續工作；不做工，拿甚麼來養活自己？」

簡珠的問題的確不易解決。一個未出嫁的少女，由於一時的矇矓，竟做了一件糊塗事，在無法挽救的悔恨中，再也抬不起頭。

她有意結束肚裏的小生命；然而這是世界上最殘忍的事。妻勸她忍受任何委屈，將孩子生下來再說。理由是：「這是他自己的孩子。」

簡珠祇想逃避；但逃避祇有導致自身的毀滅。她在無意中將真摯的情感作了一次賭博，落了個通盤全輸，精神趨向崩潰，再也不能與環境取得協調。

因此，簡珠消沉墮志了，愴然於這污穢的經驗，沒有別的冀求，但望感受的痳木。她依舊天天去上班，回來後總喜歡孤獨地關在房內。有一次，她忽然對妻說：

「從明天起，我不去上班了。」

「為甚麼？」妻問。

「因為肚子大了，再過些時日，就瞞不了別人。」

「葉新知道不知道你已辭工？」

「知道的。」

「他怎樣表示？」

「連笑容都不露。」

「但是你肚裏的孩子是他的？」

「他已經有了五個。」

「難道他連一句話也沒有？」

「一句話也沒有。」

「不打算到這裏來找你？」

「找我做甚麼？除非他想找麻煩！」

「那末，你今後的生活將怎樣維持？」

「反正再過五六個月，孩子就可以出世了，祇要節省一些，生活是不會成問題的。」

這樣，簡珠就不去上班了，成天耽在家裏，聽收音機，看書，聊天。表面上，日子過得很清閒；實際上，她內心的痛苦實在是無法描述的。

妻跟她的感情很不錯，常常煮些她喜歡吃的小菜分一些給她。她一個人，生活簡單，祇要一條鹹魚或者幾塊腐乳，就可以打發一天。

就在這時候，鄰房的黃美娟忽然下海做舞女去了。

問周女士，才知道黃美娟與沈經理已經鬧翻，詳細情形不清楚，好像是沈經理又愛上了別的女人。

沈經理的來與不來，實在是一件相當平常的事；但是黃美娟的下海，就我們來說，實在是相當傷腦筋的。

黃美娟重作馮婦後，我們這一層樓幾乎變成公眾場所了，無論白天或夜晚，常有陌生男人進進出出。周女士對此，倒並不介意，見到阿飛型的男人，還故意搔首弄姿的設法跟他們兜搭。簡珠不常走出來，影響不大。

然而我是一個依靠寫作為生的人，沒有Privacy，那裏靜得下心來寫稿。

我又有了遷居的意思。

妻說：「一動不如一靜，這裏住得好好的，何必要搬？」

我說：「那班舞客們像串龍燈一般的串來串去，使我感到最大的困擾。」

妻說：「我們關上房門，誰也不敢進來打擾你的。」

話雖如此，可是實際情形卻比妻的想像顯然惡劣得多。好幾次，我的文思被別人叩錯房門而中斷。

一個週末的深夜，大家都已上牀安睡，祗有周女士仍在外邊「打麻將」。忽然有人按門鈴，我一骨碌翻身下牀，匆匆忙忙地走出去，啟開門，原來是一個醉漢。我問他：

「找誰？」

他笑嘻嘻的說：「找黃美娟。」

「黃美娟還沒有回來。」

他不分情由地將我一推，一邊打着酒嗝；一邊大踏步地地走進我們臥房去了。我忙不迭追上前去，可是他已經站在牀邊開始向妻調侃。

妻慌慌惶惶地坐了起來，背靠牆壁，一邊用毛毡掩蓋自己的身子；一邊大聲驚叫。那醉漢竟伸展兩臂，作了一個餓虎撲羊的姿勢。我連忙奔到他身後，一把捉住他的衣領，往後猛拖。他非常憤恚了，拚命想反擊我，但是因為喝多了酒，身子站不穩，結果落了個手舞足蹈，模樣十分可笑。

我將他拖入客廳，他嘩啦嘩啦地向我提出抗議。

「我是黃美娟的大令，」他嚷：「你怎麼可以打我？」

這時候，妻與簡珠都走出來了。簡珠扭亮電燈，妻趁機將大門啟開。醉漢還在吵，我用力一推，將他推了出去，關上大門。

他仍在門外大嚷，說他是黃美娟的「大令」，我們不能侮辱他。

簡珠對我橫波一瞅，笑了起來。

妻氣得臉色鐵青，嘟着嘴，受了一肚子的委屈沒處出。莉莉的哭聲很響，妻憤然說了一句：

「這個地方怎樣可以再住下去？」

第二天早晨，妻要我將昨夜的事情講給周女士和黃美娟聽；但是周黃兩人都在熟睡中，不便打擾他們。

中午十二點，黃美娟起身了，我正欲向她提出抗議時，忽然有個頭髮梳得光光的小白臉走來找她。本來病懨懨的黃美娟，一見小白臉，立刻將他迎入房內，關上門，格格格地笑個不停。

約莫過了半個鐘點，房門「呀」的一聲啟開，黃美娟打扮得如盛開的花朵一般，挽着小白臉的手臂，橐橐橐地走了出去。

妻從廚房裏端出飯菜，看見黃美娟走出，連忙問：

「有沒有跟她說？」

我搖搖頭。

「為甚麼不說？」

我聳聳肩。

妻微微有了些慍意，一定要我向周女士提出抗議。「如果周女士不能保證今後不發生類似事件的話，我們就立刻退房。」她說。

吃過中飯，周女士終於起身了，沒有洗臉，就兀自坐在客廳抽煙。看情形，也許昨夜跟誰吵了一架，心情不大好。我故意這樣問她：

「昨晚手氣如何？」

她嘆口氣，表示輸了。我當即將昨晚的事告訴她，她聽後，竟大出我意料之外地笑不可仰了。

我板着臉，對她說：「這並不是一件可笑的事。」

她發覺我態度的認真，馬上斂住笑容，撇撇嘴，表情頗為尷尬。於是，我正式向她提出這樣的要求：

「昨晚的事，本來應該報差館的，為了不想給你添麻煩，也就忍了下來。不過，我有一個希望。」

「甚麼？」周女士斂住笑容，眼睛瞪得如同銅鈴一般。

我說：「希望你能保證以後不再發生類似的事件！」

她怔了一怔，在驚詫中略顯躊躇，尋思半晌後，說：「等黃美娟回來，我一定警告她。」

警告是沒有用的，這一點我自然明白，但是，除此以外，又有甚麼別的方法呢？那個醉漢雖然自稱是黃美娟的「大令」，也絕對不是黃美娟授意他這樣做的。黃美娟是個舞女，當然不會缺少這種不三不四的舞客，除非我們有決心搬家，類似的麻煩必定會再一次發生的。

我將此事與妻商量。

妻說：「我已搬怕了，再看一個時期吧，到了實在挨不下去時，再搬。」

我們既然怕搬家，祇好勉強住下去。黃美娟的「男朋友」特別多，不過，醉漢亂闖的事倒沒有再發生。簡小姐的肚子一天比一天大；而周女士「遲歸」的情形則越來越糟了，有時候，竟會兩三天不見她的面。我們做房客的人，究竟不是道德重整會的委員，對於包租婆的行為，當然無法也無權干涉。

有一天晚上，黃美娟到舞廳去了，周女士據說在「姐妹淘」處「打牌」；家裏很靜。

忽然有人按門鈴。

妻在哄睡莉莉，不能走去應門。我立即放下鋼筆，匆匆走入客廳，扭亮門外的電燈，打開門上的小窗，仔細一看，發現小窗外邊站着一個五十歲左右的彪形大漢。此人膚色黧黑，滿臉皺紋，雙目深陷，但無萎靡之情。頭髮剪得很短，笑起來有點像哭。

我以為他是黃美娟的舞客。

但是，他一開口便問：「趙太在家嗎？」

「趙太」？這名字很陌生，一時又想不起是誰，還當是以前在這裏住過的房客。於是，我說：

「趙太？恐怕……」

我沒有把話語說完，他就搶着加上這麼一句：「她是這裏的包租婆。」

我這才恍然大悟了，立刻堆上笑臉，問：「你是趙先生嗎？」

他頻頻點頭，說：「我是老趙，我是老趙。」

我當即啟開門，讓他走進來。他手裏提着幾包東西，相當重，一定是從外地帶回來的。

「我太太不在家？」他問。

我說：「趙太到女朋友家裏去打牌了。」

我故意將「女」字說得特別大聲，沒有別的意思，祇希望老趙不要因為我的答話而引起任何疑竇。我正欲回房繼續寫稿，他卻很有禮貌地問我：

「貴姓？」

我當即將自己的姓名告訴他，同時說明我是這裏的房客。他似乎很熱情，聽了我的簡短的答話後，竟絮絮叨叨地敘述他的海上生活。

他說他到過巴黎，但是沒有跟法國女人睡過覺。他說倫敦的霧很濃，常常在黑暗處撞到漂亮的女人。他說紐約的建築很高，初到的人一定會看到頸痠。他說日本的富士山很出名，但是沒有照片的好看。他說婆羅洲的達雅克人不穿上衣，連女人也是赤着身子走來走去……

我急於趕稿，對於他的「敘述」不感興趣。他則越說越起勁，沒頭沒腦，亂扯一通。

最後，談到「趙太」，他遞一枝煙給我，點上火，還自說自話地斟了兩杯茶來；然後非常直率地說出下面這番話：

「美玲，就是我的太太，過去在上海時嫁過人。她的第一任丈夫很有錢，所以是吃慣用慣了的。後來，上海的環境轉變了，她的丈夫忽然失蹤，美玲吃不慣苦，就一個人坐火車來到香港。你要知道，她在香港還有幾個女朋友。這些女朋友的日子都過得不錯，大家都肯捐些小錢幫助她，但是日子一久，有些沒有義氣的人就開始勸她嫁人了。她年紀已不輕，而且長的也不算漂亮，說要嫁人，談何容易。所以，挨過一段痛苦的時期後，有人走來替她說合了，是一個七十歲的老頭子，不很有錢，祇有間小店館，因為老婆死了，沒有親近的人照顧，想娶個女人解悶。結果，轉了好幾個彎，終於找到了美玲。美玲起先不肯，但經不起別人的慫恿，為了吃飯，祇好嫁給老頭子當玩具。不久，老頭子病了，臨終將那間店館交給自己兒子，美玲一無所得，又不願意看小輩們的嘴臉，一氣，就走了出來。」

說到這裏，老趙喘口氣，一連吸了好幾口煙；然後呷口茶，繼續說下去：

「那時候，我服務的那隻船需要在這裏修理，大家有三個月的假期，不必做工，都有薪水可以領。……我不喜歡賭錢，也不喜歡飲酒，整天閒着無聊，覺得非常沒有意思。……有一個朋友知道我的情形，就介紹美玲與我相識。我很喜歡她，就將歷年的積蓄頂了這層樓給她，以便我不在香港的時候，她可以依靠收租和我寄回來的錢度日。……唉！美玲是個吃慣用慣了的女人，跟了我，苦飯是有得吃的，談到享受，那就完全不是這回事了。」

「你們註過冊沒有？」我問。

他呷了一口茶，從煙盒裏又取出一枝煙來，駁上火，將原來的煙蒂撳熄在煙灰碟裏。

「我們沒有註過冊，但是我們在酒樓裏排過幾席酒。」他說。

談話至此，作為一個「聽者」，我也可以算是相當有耐心的了。我無意再浪費時間，站起身，想回房繼續寫作，卻給他一把拖住了。他一廂情願地對我說：

「時間還早。」

我搖搖頭，坦白告訴他：「我還有工作要做。」

他又遞了一枝煙給我，要我陪他再談一會。

這位趙先生看來是個非常熱情的人；但是除了「熱情」以外，祇有愚蠢的直率。我跟他還是初次見面，他就滔滔不絕地將他與「周女士」的結合經過講了出來。而「周女士」與他的個性恰巧相反，自從我們搬來到現在，誰也沒有聽過她談自己的「過去」。她只是回憶，卻不用嘴宣揚。單憑這一點，我就敢斷定他們的結合是相當勉強的。

老趙這個人並不壞，坦白，熱情，單純，直爽，心裏怎樣想，嘴上就怎樣講。

但是，好人在香港這種社會裏，一定要吃虧的。像老趙，就是一個很明顯的例子，自己成年在海上兜來兜去，將所有的薪水全部寄回來，交給一個為了吃飯才嫁給他的女人，日日夜夜地想着她，希望有一天船到香港，她會乖乖地坐在家裏等他去摟抱。

現在，他回來了。

太太不在家，心裏煩惱，也祇好想出一個理由來，蒙蒙昧昧地寬恕了她的過失。

「她一個人在家裏實在是很寂寞的。」老趙用這句話安慰自己。

我無意刺傷他，唯有附和着點了點頭，說：「不錯，一個人老是躲在家裏實在是很寂寞的。」

說罷，他就單刀直入地向我提出這樣一個問題：

「你知道不知道她除了打牌之外，還有別的行為嗎？」

我是最怕是非的人，聽了他的問話，馬上站起身來，說是還有三千字的稿子要趕，祇好少陪了。這一次，他沒有再遞香煙給我，只是獃磕磕地望着我，不發一語。

回到房內，莉莉已睡着，妻尚未上牀。

我說：「時候不早了，你先睡吧，我還要趕一點稿。」

妻說：「你同趙先生好像談得很投機？」

我不願意再提老趙，只是微露憎厭地扁扁嘴，然後扭亮枱燈，開始伏在桌上寫稿。但是，由於老趙的突然出現，使我心緒陷於不寧，手裏執着筆，腦子裏卻在想着他的問題。

深夜過後，我還沒有寫成五百字。四周很靜，客廳裏仍有老趙的咳嗽聲。

周女士還沒有回來。

我忽然產生了暴風雨即將來臨的預感。

老趙似乎等得不耐煩了，獨自一個人在客廳踱來踱去。那重甸甸的腳步聲，猶如空穴來音，聲聲皆叩我的心。我默禱周女士早些回來。

我上牀的時候，已經是凌晨三點半了，周女士還沒有回來，老趙仍在客廳裏踱來踱去。

我起身的時候，已經是中午十二點了，周女士還沒有回來，老趙仍在客廳裏踱來踱去。

我走出房門，想到盥洗間去洗臉，經過客廳，看到老趙反剪雙手，垂頭喪氣地踱步。他見到我時，抬起頭來，表情很尷尬，想說話，又不知語從何起。我對他笑笑，斜眼對茶几一瞅，發現煙灰碟裏堆滿了長長短短的煙蒂子。

大家都有點窘，彷彿都在逃避甚麼似的。我疾步進入盥洗間，刷牙洗臉。就在這時候，客廳裏傳來了周女士的聲音。

「你回來啦？」她像雞叫似地問：「為甚麼不預早打個電報給我？」

「我想給你一點驚奇。」這是老趙的回答。

接着，周女士就厲聲疾氣地嚷起來：「甚麼驚奇不驚奇？分明是想查究我的行動！」

老趙將嗓子壓得很低：「我……我可以對天發誓，絕對沒有這個意思。」

周女士說：「誰要你發誓？你有意思也罷，沒有意思也罷，我纔不在乎哩！」

想不到周女士的口氣竟這樣強硬，而老趙的態度卻會軟得如同綿羊一般。

稍過些時，我聽見老趙怯怯地問周女士：

「昨天晚上，你在甚麼地方？」

「打牌！」

「打了一個通宵？」

「手氣壞，輸了，想翻本。」

「打通宵牌，最傷身體。」

周女士忽然像野貓給誰踩痛了尾巴似地叫起來：「你怎麼啦！是不是存心要找一個藉口，沒有關係，你愛怎麼辦就怎麼辦好了，我決不為難你！」

這幾句話，說得非常乾脆，不但使我吃了一驚，連老趙也不敢再開口了。此時，我盥洗已畢，走出廁所，經過客廳時就意識到空氣的緊張。周女士見了我，嘟着嘴，連招呼也不打。老趙則坐在沙發裏，一味抽煙。

我回入房內，妻已將飯菜擺好。

吃飯時，客廳裏終於傳來了周女士的哭聲，我不知道她為甚麼要哭；但是她哭得很哀慟。

老趙一夜不睡；也一夜沒有吃過東西。他必定很倦很餓了，但是他不出聲。

客廳裏的空氣很緊張，靜悄悄的，有點像戰場上的「無人地帶」。

妻說：「看樣子，沒有甚麼事了。」

我說：「這過分的沉寂並不是一個好現象。」

果然不出所料，當我吃完中飯後，老趙柔聲細氣地說了幾句，周女士就瘋瘋癲癲地闖進我們的房內來了。

「你們看，」她歇斯底里地嚷起來，嘩啦嘩啦的，唾沫星子噴了我一臉：「他這人多麼不講理？一回來，好的不說，偏指我在外邊偷漢！你們每天都見到我的，我有沒有帶過半個男人回來睡覺？他這樣亂造謠言，對我名譽有關，我寧可餓死；也不願意再守活寡了！」

說罷，一把眼淚，一把鼻涕，像唱時代曲一般地哭了起來。

我看不慣她的嘴臉，使了個眼色，意思要妻勸慰她幾句。妻平時很會說話；但是見她那種潑婦相，竟爾也變得拙口笨舌了。好在，周女士「意猶未盡」，哭了兩聲，又繼續吊高嗓子咆哮：

「請你們評評理，我周美玲嫁給這個撐船的，究竟有沒有佔了他的便宜？他一年難得回來一兩次，三百六十五天倒有三百六十天在外邊，就算把我當做一條狗罷，回來了，也該拿幾根骨頭給我啃啃！何況，我是一個人，一個有血有肉有靈有性的人！叫我一年守三百六十天的活寡，吃沒有好的吃；穿沒有好的穿；住沒有好的住，這樣的日子，除了我周美玲，還有誰願意挨？俗語說得好：要穿要吃嫁男人，我周美玲嫁了人，吃不飽，穿不暖，還要長年守活寡，這且不說，他竟一回來就含血噴人，一口咬定我在外邊偷漢！好，反正這樣的日子也不好過，說我偷漢，就算我不要臉，怎麼樣？大不了離婚！……老實說，如果他肯離的話，我還求之不得哩！」

嚷到這裏，她似乎祇有怒氣而沒有悲哀了，臉頰上雖有淚痕，但是眼睛裏充滿了怒火。

莉莉嚇得哭了，躲在我的身後不敢看她。

妻這才挪上一步，細聲細氣地說了許多同情她的話語，勸她平息怒氣，千萬不可認真。

「趙先生如果待你不好，也不會在客廳裏呆坐一個通宵了。」妻說。

「但是，」周女士怒氣仍盛，「他不該一回來就咬定我在外邊偷漢！」

「這是氣頭上的話，不能算數。」

「不行！他是男子漢大丈夫，說話不能不算數，既然起了疑心，大家再在一起也沒有意思了！」

周女士像瘋狗似地衝入客廳，指着老趙咆哮如雷：

「好！你要離婚，我決不給你任何麻煩！不過，有一句話得說在前頭，手續必須做得清楚，將來男婚女嫁，各不干涉！」

老趙聽了她的話語，祇管低着頭，不出聲。

周女士見他沒有表示，火氣更大了，舉起桌上的一隻花瓶，憤然往地板上一摔。

我連忙趕出去觀看，發現簡珠與妻正在勸架。周女士如同一匹餓慌了的野獸，嘶聲狂叫。

就在這時候，連黃美娟也穿着尼龍睡衣，睡眼惺忪地走出來，沒有弄清事由，立刻撥轉身去指責老趙：

「你們男人呀，全不是好東西！」

老趙一氣，霍然站起，低着頭，悻悻然往外疾步急走。

周女士問：「你到甚麼地方去？」

老趙不答話，「嘭」的一聲關上大門。

周女士哭得更加厲害了，幾人圍着，說盡好話要她平息怒氣。她咬咬牙，說：

「我非跟他離婚不可！」

妻同簡珠勸她不要意氣用事，認為男人心眼狹，長年耽在外邊，少不免疑神疑鬼的，其實，類似的事情到處都有發生，大可不必認真，夫妻終歸是夫妻，有話，講出來倒好；否則，老是放在心裏，感情就會日趨淡漠的。根據這一個看法，她們認為老趙並不是一個壞人。

然而黃美娟卻獨持異見。

「男人都不是好東西，」她說：「一定是老趙自己在外邊有了新對象，故意找個藉口來冤枉好人的！」

聽了這兩句話，周女士忽然感到一陣刻骨的悲酸，哭得十分哀慟。

妻對簡珠斜瞟一眼，噓口氣，站在一旁，悶聲不響。

周女士哭了一陣，因為沒有老趙在面前，罵也罵不過癮，索性站起身，走入自己房內，開始對鏡化妝。

勸架的人討了個沒趣，各自回房。半個鐘頭過後，周女士穿着一件大紅旗袍，婀婀娜娜地走了。

沒有人知道老趙出去做甚麼；也沒有人知道周女士出去做甚麼。

全家死沉沉的，一點生氣也沒有。大家心裏都在想：

「今天晚上也許會有好戲看！」

晚上十二點左右，忽然有人按門鈴。我心中暗忖：如果是周女士或者黃美娟，她們都有鑰匙，不必按鈴；而此刻時已不早，不會有訪客，說不定又是那個醉漢了。我放下手裏的鋼筆，走到客廳去扭亮電燈，拉開門上的小窗，仔細一看，原來是周女士的丈夫「老趙」。

啟開門，我嗅到一股濃烈的酒氣。毫無疑問地，他企圖以酒澆愁；但是他神志還清醒，沒有醉。當他挪步進入客廳時，第一句話便是：

「她出去了？」

「是的。」

然後感喟地嘆一口氣，說：「不能完全怪她，事實上，我自己應該負最大的責任。我長年在海上兜來兜去，從未顧到她的需求，這是我的錯！」

聽了他的「獨白」，我心裏不免有些惻然。一個被侮辱的男人，忍受不了瘋狗似的「狂吠」，憤然走了出去，喝下幾杯酒，竟在極度的悲哀中，不但寬宥了周女士的過失；還把責任往自己身上放。

老趙雖然是個粗人，卻贏得了我的同情。我想：老趙長年在海上過日子，未必對周女士有甚麼真感情，如今，既然周女士口口聲聲要離婚，老趙就該趁此機會與她一刀兩斷，也好省卻不少麻煩。

但是我是局外人，不便參加意見。

正擬回房繼續寫作時，他忽然抬起頭來，用淚汪汪的眼睛對我一瞅，抖着聲音問：

「我該怎麼辦？」

我聳聳肩，不知道應該說些甚麼好。

他又嘆了一口氣，低着頭，一邊用衣袖拭淚；一邊自言自語地：

「她不是一個壞人，只是太寂寞罷了。」

聽語氣，彷彿老趙早已知悉了周女士的「秘密」似的。我頗感困惑，想問，又不好意思開口，唯有呆呆的在那裏，等他繼續說下去。

他很持重，考慮了大半天，才說：

「半個月之前，我在星加坡遇見一個從香港去到那裏的朋友，談起美玲，他說她已另外有了男朋友。」

我頗感詫異，對於老趙的「情報」仍表懷疑。我說：「我們住在這裏，也從未聽過這樣的事。」

老趙說：「美玲不會讓你們察覺的。」

我問：「這樣說來，你一定相信她在外邊另有發展？」

於是，老趙將他所知的種種全部講給我聽。

原來周女士在上海時有個要好的女朋友，姓孟名珍，過去常有來往。上海變色後，大家失去聯絡。前些時候，周女士在朋友家裏打牌，無意中遇到孟珍，高興得如同剛下了蛋的母雞一般。問起近況，周女士嘆口氣，「乏善可陳」。孟珍很同情她的處境，很想幫助她。分手時，孟珍約周女士到她家裏去吃飯，周女士答應了。第二天，周女士盛妝艷服，打扮得好像復活節的彩蛋一般，去赴孟珍的約會。孟珍住在半山區，是一座面積相當大的花園洋房，看情形，孟珍的日子過得很不差。在閒談中，周女士知道孟珍來港後嫁了一個開紗廠的有錢人，日子過得非常舒適，使周女士非常羨慕。孟珍很願意給她一點幫助；但是除了錢財，總不能叫周女士跟老趙離婚。周女士極愛面子，竟然拒絕了孟珍的「經援」。孟珍的丈夫知道這件事，覺得周女士很有點骨氣，因此就坦白表示：歡迎周女士常到他家去走動。周女士獲得這個機會，豈肯隨便放棄？她之所以不肯接受孟珍的「經援」，表面上抬高了自己的氣質；實底子卻別有用心。她有意利用孟珍的友情作為橋樑，使孟珍的丈夫跌入她的溫柔陷阱中。

「成功了沒有？」我問。

老趙說：「成功了一半。」

「這是甚麼意思？」

「孟珍的丈夫果然已經跌入美玲的陷阱；但是孟珍仍未投降。」

「所以，在表面上，周女士必須維持現狀，直至孟珍默認周女士的地位為止，是不是？」

「不錯。」

聽了這一番話，我忽然有了幾個無法解答的問題：第一，老趙的朋友怎麼會知道得這麼清楚？第二，老趙知道周女士在外有了越軌行動，此次返來，不知有何打算？第三，老趙究竟愛不愛周女士？……

老趙對我的問題，作了如下幾個答覆：

第一：老趙的那位朋友曾經在孟珍家做過司機，所以對於周女士的一舉一動相當清楚。在廚房裏，女傭們的竊竊私語，是最佳的消息來源。

第二：老趙此番返來，祇有一個目的，想親自看看周女士的動靜。

第三：他還是愛周女士的。

根據上述三點，對於趙氏夫婦間的微妙關係，我終算有了一個模糊的輪廓。

但是，我覺得老趙很可憐。

老趙雖然是個粗人，倒也有點涵養功夫，明知周女士在外有不軌行為，居然還有那一份「觀察」的心情。

如果老趙不愛周女士，問題也就十分簡單了；偏偏這位長年在海上度日子的男人，竟將自己的真摯的感情連同金錢一起寄了回來。

周女士呢？不過是一個庸俗而功利的女人罷了。

她利用老趙的愛情，使自己從「困境」走上「坦途」；然後又利用孟珍的友情，使自己能夠接近孟珍的丈夫。

為了急於滿足物質上的需求，她將「愛情」和「友情」統通當作了戰利品，祇想結果，不顧道義。

事實上，周女士根本不懂甚麼叫做道義。她祇知利用自己的小聰明，不擇任何手段，企圖將陳列在皇后道櫥窗裏的東西，全部據為己有。

在目前這種情形下，周女士顯然已獲得了初步的勝利，只因時機尚未完全純熟，不能立即取孟珍的地位而代之，唯有繼續以「趙太」的身份出現，以免引起孟珍的疑竇。

換一句話說：周女士對老趙不但談不上「愛」；甚至連感情也一點都沒有。

此番老趙來得突然，使周女士感到意外；同時也感到討厭。

周女士怕老趙的糾纏，會影響到她的預定計劃。孟珍的丈夫雖然愛面子；但也未必不會妒忌。所以，周女士一方面固然設法掩避孟珍的耳目；另一方面不能讓孟珍的丈夫對她有所挑剔。為了這個緣故，她祇有毅然決然地設法與老趙離婚。

離婚對於周女士有兩大好處：（一）可以獲取孟珍的同情；（二）可使孟珍的丈夫無法找到擺脫她的藉口。

這是一個聰明的做法；然而苦了依舊愛她的老趙。

老趙並非不知這種情形，只是在完全絕望之前，仍希望能有萬一的轉機。

因此，當他將周女士的「秘密」告訴我時，他的態度比我預期的，更安詳，更從容。

「這是沒有辦法的事，」他說：「我不願意將責任完全推在她的身上。她固然不應該利用孟珍的友情去勾引她的丈夫；但是我的長年在海上度日子，實是使她變心的主要原因。」

聽了這幾句話，我很不同意他的看法。我認為促成周女士變心，祇有一樣東西：金錢。老趙將這件事的責任放在自己肩上，正是他厚道的地方。

時間不早了，我還要趕一些稿，想回房，老趙又遞了一枝香煙給我。老趙這人，精力奇旺，昨晚一夜未睡，此刻仍無倦意，祇要有煙在手，連呵欠都不打一個。

「她不會有好結果的，假使她一定要走那條路。」他說。

我有意無意地瞅了他一眼，依舊悶聲不響。

「假使她一定要走那條路，」他繼續對我說：「她不會有好結果的。」

「我的看法剛剛跟你相反。」我說。

他終於抬起頭來了，瞪大眼睛，等我把理由說出來。我本來不準備參加任何意見的，但又不忍坐觀一個老實人在情感上翻了筋斗，爬不起來。因此，我毫無顧慮地對他說：

「在香港這個地方，誰講道義，誰就倒霉；誰就永遠無法翻身，你是長年在海上生活的人，對於這裏的情形也許還不清楚。」

聽了我的話，老趙臉上立刻呈露了詫異之情，皺皺眉，閃閃眼睛，似乎完全不能領略我的話意。

他一連抽了好幾口煙，想想，抬起頭，問：

「你的意思是：她這樣做法會有好結果？」

「結果如何，我不敢說。但是最低限度，她從此可以坐着汽車用鄙夷的目光瞧不起別人了。」

「但是，她不能以怨報恩。」

「為甚麼不能？」

「因為如果不是我，她哪裏會有今天？」

「那是你的事。」

「那末，孟珍呢？孟珍是她的好朋友，她怎麼能夠以怨報恩？」

「友情是最經不起考驗的東西，祇要有利可圖，甚麼恩德，全可置之不理。」

老趙低下頭去，一味抽煙，很久很久，才感喟地說：

「無論如何，我還是希望她能回心轉意。」

我不想使他掃興，站起身來，細聲對他說：「時間不早了，你也該去歇憩了。」說着，我兀自回房去趕稿，讓他一個人坐在客廳裏。

他依舊不睡。

周女士也依舊沒有回來。

我上牀時，已經三點敲過。第一次聽到老趙在客廳裏打了呵欠，我想：他一定等得不耐煩了。

我睡得正酣，妻忽然將我推醒。

「周女士回來了，」她悄聲對我說：「而且已經正式向老趙提出離婚的要求。」

我揉揉惺忪的眼，定定神，向上邊一瞅，發現客廳裏仍有燈光從氣窗射入。

接着，就有老趙的聲音傳來：

「美玲，你別這麼衝動，好不好？如果你真要離婚的話，祇要你能獲得幸福，我一定答應。不過，當今亂世年頭，壞人多，好人少，人心難測，千萬別去上別人的當。」

「上當，吃虧，都是我自己的事，不用你來操心。」

「話雖如此，我們究竟是做過一場夫妻的，你的處境，我當然不能不關心。……事實上，當我在海上的時候，我無時無刻不在為我們的將來籌劃。這一次回來，我本來想跟你商量一件事的，不過現在……」

「商量甚麼？」

老趙並沒有立刻回答，很久很久，才用低沉的語調對周女士說：

「這一次，我經過汶萊時，結識了一個英國人，他對我極表好感，有意介紹我到油田去做工，薪金比船上低，但是有宿舍住。」

周女士不作聲。

老趙繼續講下去：「自從我們結合到現在，我一直生活在海上，從未好好的生活在一起。我知道你寂寞，所以我決心放棄船員生涯。因此，獲得這個機會後，心裏非常高興，以為從此可以解決許多問題了。想不到……」

「怎麼樣？」

「唉！說起來，這件事完全是我一個人的錯。我不應該讓你一個人耽在香港，度着寂寞的日子。……你在外邊的行動，我都知道，但是，這不是你的過失。你實在太寂寞了。」

聽了這番話，周女士顯然非常詫異了，忙問：「我在外邊的行動，你都知道？」

經過一陣難堪的噤默，老趙說：「孟珍的丈夫雖然有錢；但是除了錢之外，不能給你別的，甚至連名義也沒有。」

「我不需要名義！」

「他能跟你經常住在一起嗎？」

「這是我的事，不用你來操心！」

「美玲，請你冷靜地想一想，那孟珍的丈夫怎麼會像我這樣真心對你，祇要你肯跟我去汶萊，過去的種種，我都可以原諒你。」

「對不起，你儘管不原諒好了！」

周女士堅決拒絕了老趙的建議，口口聲聲要跟他離婚，老趙將所有的好話都講完了，可是怎樣也無法改變周女士的心意，最後，祇聽到老趙這樣說：

「你如果認為離婚可以使你獲得幸福的話，我一定簽字。」

「好，等天亮後，我們一起去律師樓。」

說罷，「嗒」的一聲，客廳裏的電燈熄滅了，天還沒有亮，四周一片漆黑。

「你要毯子嗎？」周女士問。

老趙說：「不冷，一點也不冷。」

「睡在沙發上，容易着涼。」

「我在船上睡慣了甲板，不礙事的。」

「那末，我進房去睡了。」

接着是凝固的沉寂，隔了很久，才聽見劃火柴的聲音，一點昏黃的光華在氣窗外晃了晃，迅即熄滅。妻說：「老趙在吸煙。」我嘆口氣，翻個身，希望能夠瞬即入睡。

醒來時，正是中午，老趙與周女士都不在，問妻，才知道他們到律師樓去了。

下午三點敲過，周女士欣然回來，嘴角邊掛着一絲勝利的微笑，妻問她：

「趙先生呢？」

「老趙不會再來了。」

「為甚麼？」

「因為我們已經離了婚。」

「你們離婚了？」

「是的。」

「趙先生這個人並不壞，為甚麼要走極端？」

周女士感喟地嘆息一聲說：「我們的結合本來就非常勉強，分開後，對大家都好。」

我直率地告訴她：「據我所知，趙先生還是一心一意地愛着你。」

「我知道，」她用淡淡的口吻說：「但是我總不能依靠愛情過日子！」

周女士既然如此現實，我也無話可說了。我很替老趙難過，設想他在海上的孤獨日子，心裏忽然掀起一陣莫名的惆悵，差點紅了眼圈。望望周女士，她的嘴角邊居然還掛着微笑。這笑容具有一種特殊的恐怖意味，令人看了心跳，我不想多看，也就退回自己的臥房，忽然想起明天還要交一個短篇給一家雜誌，立刻伏在桌上，想了想，在稿紙上寫下「歸來」兩個字，作為題目。

妻走過來，看到我寫下的題目，終於會心地發笑了。

隔了一天，周女士忽然走來找我，說是有點小事跟我商量。我問她：

「甚麼事？」

她說：「我準備將這層樓頂掉了。」

聽了這句話，我不覺為之一怔，因為周女士的決定，意味着我們必須作再一次的遷居。我們並不留連目前住的地方，相反地，黃美娟下海後帶來的舞客們，已經夠我們頭痛的了；只是我們怕搬家，提到「搬」字，就會像針刺般難受。因此，我問：

「為甚麼要將房子頂掉呢？」

周女士當即從口袋裏掏出一封信來，遞給我觀看。信是老趙寫來的，字跡潦草，不過，字裏行間卻充滿真摯的感情。

「美玲：當你收到這封信時，我已經離開香港了。關於我們的事，既然這樣解決了，你也不必太難過。我知道你心中對我是很好的，只為我的職業太過流動性，不能允許我經常伴着你，因此就產生了這樣的結果。回想你我剛認識的時候，我送了一瓶法國香水給你，你雙手緊緊地握着它，高興得連眼淚都流了出來。你說：「你從未搽過這樣好的香水。」我聽了，故意用調侃的口氣跟你說：「如果你肯嫁給我的話，我可以每個月寄一瓶給你。」我說這話時，多少帶點開玩笑的性質，想不到你竟點頭答應了。於是，我將所有的積蓄頂了這層樓，沒有別的意思，祇想你能依靠收租來度日。當時，你很高興，我也高興。我們痛痛快快地玩了三個月，直到船修好時，我不能不離開你，恢復枯燥寂寞的海上生活。但是，這些都是過去的事了，多提，反而會增加傷感。現在，我寫這封信給你，因為我們在做離婚手續時，我忘記告訴你一句話了。我決定將那層樓送給你。那層樓，雖然不是我買的；可是當時花了七千塊頂費，如果你需要用錢的話，頂出去，至少也可以收回五六千。這是我向你表示的一點心意，請你不要拒絕。還有，那天，從律師樓走出來時，我心裏一直很難過。我擔心你的生活馬上會發生問題。於是我到朋友處去商借了五百塊錢，他答應了。你可以拿我這封信到九龍紅磡M街四十九號四樓黃阿狗先生處，他就會當面交五百塊錢給你的。美玲，我們雖然已經離婚了，但是我們依舊是好朋友，如果你有甚麼需要的話，儘管去找黃阿狗商量好了。你從他那裏拿的錢，將來我都會歸還給他的。這些話，本來是不應該講的，不過，我總覺得那些有錢人多數靠不住，一旦玩膩了，就會丟棄你的，所以我替你想出這個辦法，免得你有困難的時候，找不到可以幫助你的人。……」

讀完老趙的信，我是深深地被感動了，想不到像他這樣的老粗，竟會向一個庸俗的女人付出如此真摯的感情。我望望周女士，發現她依舊咧着嘴在微笑，覺得很不順眼。我說：

「趙先生的信上並沒有叫你將房子頂掉。」

她點點頭，坦然承認：「將房子頂掉是另外一個人的意思。」

我也毫不保留地問：「是不是孟珍的丈夫？」

提到「孟珍的丈夫」，她不但不生氣；抑且笑得更加嫵媚了。這嫵媚的笑，顯然是一種默認。

於是我又追問一句：「他為甚麼叫你將房子頂掉？」

她的答覆比我預期的要坦白很多：「因為孟珍已經知道了這件事，所以他要我把房子頂掉了，另外搬過一個地方，免得引起不必要的麻煩。」

「這樣說來，我們也要搬了。」

「你們不必這樣急，我不過先將這個意思告訴你們，好讓你們心理上有個準備。其實，目前租屋的情形已經不同從前了，租樓而願意付頂費的實在不多。只因當初我們是付了七千塊錢頂手的，現在當然不能白白的轉讓與別人。」

「照你的意思，我們應該甚麼時候去找房子？」

「最好等我將這層樓頂出去之後，再搬。」

「這怎麼可以？」

「我怕你們大家都搬掉了，我的這層樓一時又沒有人要，到那時，每個月不但要貼六百元大租，我還得一個人守在這裏。」

「如果你怕寂寞的話，乾脆別將房子頂出去。」

「房子是非頂不可的，因為孟珍已經知道了。」

「既然這樣，我們當然要另外找房子的。」

聽了我的話，周女士終於斂住笑容，皺皺眉，用一種近似哀求的口吻對我說：

「我們不必依照一般的慣例來處理這件事。」

「你的意思怎樣？」

「從今天起，你們的房租改以每日七元計算，住一天算一天，直到我將這層樓頂出了，我再來幫你們一起出去找房子。」

她的建議顯然是「自私」的，完全為了自己的利益打算，並沒有給我們甚麼「便宜」。因此，我毅然拒絕了她的「好意」，認為這一次談話，祇能當作是包租人對三房客的一種通知。

我說：「我們在這個月內另外去找房，決定月底搬走。到那時，你應該退回我們一個月按金，因為這個月的房租我們已經付過了。」

周女士聽了我的話，臉孔板得很緊。

我將周女士與老趙離婚的事告訴妻，妻說：「剛在廚房裏聽到這個消息。」

我又將周女士準備將這層樓頂出的意思告訴她，她聽了，大吃一驚。

「這樣說來，我們又要搬家了？」她問。

我點點頭。

妻緊蹙眉尖，想了一想，認為周女士沒有理由這樣做。我說：「這是她的事，我們管不着，問題是：我們在這裏還可以住一個月，如果現在就去找房的話，即使找到了，也沒有用處；如果到了月底去找的話，萬一到時找不到合適的房子，豈不是又要傷腦筋了。」

妻依舊皺緊眉頭，上排牙咬着下嘴唇，沉吟了半晌，說：

「前幾天，你出去送稿了，有個女朋友來看我，談起租屋的麻煩，她倒教了我一個好辦法。」

「甚麼辦法？」

妻頓了一頓後說：「我的那個女朋友現在租的是模範屋，空氣好，環境也不錯，租金相當便宜，每層樓每個月的租金大概一百八左右。」

「一層樓一百八？這麼便宜？」

「模範屋是在政府鼓勵之下建造的，所以比較便宜。」

「既然如此，我們的問題不就解決了。」

妻笑笑說：「瞧你多性急，事情沒有弄清楚，就下結論了。第一，你知道不知道模範屋的一層樓有多大？」

「不知道。」

說到這裏，莉莉忽然將一隻茶杯摔碎了，妻忙不迭走上前去，捉住孩子的手，察看有沒有擦破；然後走到後邊去拿了掃帚來，將地上破玻璃掃乾淨。莉莉自己嚇了自己，竟「哇」的放聲大哭起來。隔了很久，才止住了哭聲。我們繼續談下去，妻說：

「那模範屋不像別的樓宇，今天看中了，付出租金，立即可以搬進去居住。」

「要到甚麼時候才能搬進去？」

「我也不知道。」

「這話甚麼意思？」

「據那個女朋友告訴我：模範屋暫時並無空屋，有意租住的人，必須先到中環一間會計師的寫字樓去登記。」

7

我對於租住模範屋的建議，極感興趣，認為無需頂手就可以單獨住一層，實在再好也沒有了。我一定要妻再去找一次那位朋友，希望後者能夠更具體地將租賃模範屋的手續告訴我們。我說：

「我們做過三房客；也做過二房東，結果兩樣都不好，如今，要是能夠租到模範屋的話，那就再理想也沒有了。」

妻給我逼得無法，祇好抱了莉莉到英皇道去走一趟。

回來後，妻說：「房子看過了，相當不錯，有廚有廁，很適宜我們這樣的小家庭居住。」

「有沒有空屋？」

「她也不知道，只是即使有空屋，也輪不到我們。」

「這是甚麼意思？」

「因為有意租賃模範屋的人必須先去登記，誰登記在先，誰就有租屋的優先權。」

「那麼我們趕快去登記吧。」

聽了我的話，妻竟淡淡地答了一句：「遠水救不了近火！」

我不明她的話意，忙問：「為甚麼？」

頓了一頓，她說：「目前登了記還沒有搬進去的人家聽說有一百多，如果我們此刻去登記的話，不知道甚麼時候，才可以輪到我們？」

「縱然如此，我們還是應該去登記一下的。」

對於這一點，她不反對，也不積極，祇說：「無論登記與否，目前的問題還是存在的。」

我說：「我們當然要另外找房的，不過，這件事可以慢一步進行，因為我們在這裏還有一個月可住，太早去找，即使找到了，一樣沒用處。」

於是，我們拿了身份證，到中環那間會計師寫字樓去登記。我向登記的職員詢問：「大概甚麼時候可以輪到我們？」他說：「輪到你們的時候，我們會通知你們的。」

我聳聳肩，離開寫字樓，雖然問題仍未解決，我心中也充滿了不可言說的輕鬆之感。妻用揶揄的口吻對我說：「這情形，有點像畫餅充飢。」但是我的看法不同：「登了記以後，無異已經將居住的問題解決了，所差者，祇是時間而已。」

換一句話說，在搬入模範屋之前，我們仍須另外找房；而在找房之前，還有半個月的「等待」。

就在這「等待」的期間，黃美娟首先搬出，說是找到了合適的房子，寧可犧牲一個月的租金，不願意臨時乾着急。

黃美娟的遽爾遷出，使周女士大起恐慌。她怕所有的房客搬走後，自己還沒有辦法將房子頂出去，到那時，不但每個月必須白貼六百元大租；而且還要獨自一個人守在這裏，直至房子頂出為止。

不僅如此，她自己也得另外找房屋。

換一句話來說，她同時需要進行兩件事：（一）把這層樓頂出去；（二）另外找房子給自己居住。

這是一件非常傷腦筋的事，因為她一個人絕對無法分身做兩件事。

於是，她就開始對妻訴苦了。

妻雖然並不同情她的做法，卻十分同情她的處境。因此，作了這樣的建議：

「將來我們去看房，也幫你留意一下，如果看到有合你一人居住的，立刻回來告訴你。」

周女士搖搖頭，說：「謝謝你的好意；但是這是行不通的。」

「為甚麼？」妻問。

周女士深深地嘆了一口氣，說：「因為他不希望任何人知道我的新址，以免引起更多的麻煩。事實上，我這一次的遷移，完全是因為我這裏的地址已經給孟珍知道了，要不然，又何必多此一舉。」

既然這樣，妻也無能為力了。

但是周女士仍有些小事需要我們幫忙的。她說：「想不到黃美娟會這麼早就搬走的，現在，我非貼召租不可了，所以想請你們幫我寫幾張召租，同時，擬一個廣告，順便帶到報館去登幾日分類廣告。」

對於這樣的小事，妻是絕對不會拒絕的，因此事情就落在我的頭上了，我不得不停止寫稿，取出毛筆和硯台來，替她寫了十幾張召租。

召租貼出後，業主就走來找周女士談話了。業主住在對街二樓，見到召租，立刻就笑嘻嘻地走了過來。

他們的談話內容，我完全沒有留意。迨至業主離去後，周女士才滿面怒容地走來告訴我們：「你們想想看，哪有這樣的道理？現在新樓這麼多，要頂手的房子已經很難租得出去了，怎麼還可以要過戶費？」

「他要多少？」

「一千二。」

「哇！過一個戶要這麼多錢？」

「而且一個斗零都不肯減，你想氣不氣人？」

業主向周女士索取一千兩百元過戶費，使周女士的情緒大為低落了。但是，情緒雖低落，卻不沮喪。她認為：如果這層樓能夠以七千元的價錢頂與別人，扣去千二過戶費，仍可淨到手五千八，不能算是很壞了。究竟當初這層樓是老趙出錢頂的，她自己連一個斗零都沒有花過，如今能夠有五千八到手總比完全沒有好。

但是尾房的簡小姐卻另有看法，說是：「這算盤打得太如意，將來一定會感到大失望的。」

周女士聽了簡小姐的話語，連忙把頭搖得如同撥郎鼓一般，說了許許多多關於這層樓的優點，諸如：面積大，房間多，交通方便，地段清靜，無論開學校，做宿舍，甚至收租度日，都不容易找到這麼理想的房子。

結論是：「七千元頂不出，六千元一定有人搶着落定。」

簡小姐無意跟她爭辯，祇用冷靜的態度等候事情的發展。

就在她們談到這裏時，有人按門鈴了。周女士走去啟開門上的小窗，問：

「找誰？」

門外的人問：「這裏有樓出頂？」

聽了這句話，周女士臉上立刻漾開一朵微笑，不加考慮，就將大門啟開。

走進來的是一個穿着唐裝的中年人，頭髮蓬鬆，膚色黧黑，一開口，便露出一排閃呀閃的金牙，齒縫還貼着一瓣青色的菜葉，青黃相襯，特別令人生厭。

周女士笑嘻嘻的陪他兜了一圈，甚至還要我們打開房門給他看。

他看過了，站在客廳中央，略一尋思，提出第一個問題：

「大租多少？」

周女士用軟綿綿的語調答：「六百。」

來人又對四周瞅了一圈，終於提出第二個問題：

「大租倒不貴，請問要幾個月按金？」

周女士聽他的口氣，彷彿很有點意思似的，所以在回答他的問題之前，先打開煙盒，執禮甚恭地遞了一枝「好彩」給他，還用打火機替他點了火；然後笑嘻嘻地說：

「先生貴姓？」

「敝姓李。」

「請坐下來談。」

那個姓李的牽牽嘴角，笑得極不自然，想坐，又有點窘迫。周女士見他躊躇不決，自己就一屁股往沙發上坐下；然後伸出右手一攤，意思叫姓李的也坐。

姓李的終於坐下了，兩隻眼睛眨呀眨的，祇顧抽煙，不說話。

為了打破沉默，周女士不得不「賣花讚花香」了：「這層樓面積相當大，兩個騎樓連房，一個中間房，一個尾房，還有這麼大的一個廳，合計起來，共有七間房，所以，無論開學校或者收租，都是最理想也沒有了！」

姓李的頻頻點頭，靜候周女士喘息的時候，他就追問一句：

「究竟要幾個月按金？」

提到「按金」兩個字，周女士怡然一笑，抽口煙；將嗓音壓得很低很低：

「按金是不要的……」

姓李的聽了半句話，兩隻眼就鼓得好比銅鈴一般大，呶呶嘴。問：

「一個月的按金都不要？」

「是的，」周女士忽然咳嗆起來了，咳了半天，吐出一口濃痰，用手抹抹嘴邊的唾沫，說：「按金是不要的，不過，我當初租這層樓時曾經付過一筆頂費的。」

「頂費？」

「不錯，那時候我付與業主七千塊錢。」

「但是，現在香港租樓很少聽說要頂費的！」

「正因為是這樣，所以我寧願自己吃虧，將頂費減少到六千五。」

姓李的眼睛裏充滿驚詫的神情，獃磕磕地楞着周女士，很久很久，不說一句話。周女士起先還有點笑容，但是經他這麼一看，倒有點不好意思起來了。她說：

「李先生，六千五實在不能算貴，單單過戶費，業主就要一千二，這樣一來，我祇能實收五千三，比我當初付出的還要虧蝕一千七……」

那姓李的似乎對租屋的事，已經完全不感興趣了，一邊咿咿哦哦地亂講；一邊將長長的煙蒂撳熄在煙灰碟裏，沒有等周女士講完，就霍地站起，一連說了好幾句「唔該」，立刻像走避甚麼似地疾步而出。

周女士犧牲了一枝煙，仍未能留住「顧主」，聳聳肩，表示無可奈何；然後橫波對簡小姐一瞅，說：

「這個人根本不像是頂樓的！」

簡小姐倒也爽直，竟毫不保留地說了這麼句：「要頂手的樓當然不容易租出！」

簡小姐的話語，並不使周女士氣餒。縱然那個姓李的態度缺乏鼓勵，但周女士依舊充滿自信。

到了下午，周女士忽然笑嘻嘻地走來找我，說是貼在街口的召租多數給別人的召租蓋沒了，希望我抽空替她再寫幾張。，我正在趕稿，但又不能不敷衍她一下，儘管我心裏不願意，嘴上還是答應了。

我放下鋼筆，懶洋洋地走入客廳。周女士從廚房裏拿了一把切牛肉長刀出來，攤開紅紙，裁成幾十小張，交給我。

「寫這麼多？」我問。

周女士連忙堆上一臉阿諛的笑容，一邊替我磨墨；一邊說：

「幫幫我的忙，希望這層樓能夠早些頂出去，我就不再麻煩你了。」

沒有辦法，祇好提起毛筆替她寫召租。

剛寫好三張，有人走來看屋了。

是一個肥胖得近乎臃腫的女人，五十左右，臉上塗着很厚的脂粉，紅一塊，白一塊，看起來，像極了舞台上的大花面。周女士照例笑嘻嘻的迎上前去；照例帶她巡視一周；照例遞一枝香煙給她；照例替她點上火；照例請她坐在沙發上談談。

來人自稱「鍾太」，說她的丈夫在日本做生意，過幾天就要回來了，想租一層比較大的樓。

「這一層，倒頗合理想，但不知大租多少？」

「六百。」

「六百倒不貴，還有其他費用嗎？」

於是又將當初頂樓的情形，從頭至尾向鍾太訴說一遍。鍾太似乎是一個很有耐心的女人，對於周女士的敘述，不但不覺得討厭；抑且極感興趣。聽完之後，她問：

「那末，現在你也想收回七千元頂費了，是不是？」

周女士搖搖頭，說：「現在的情形跟從前不同，我祇想收回六千五，也就心滿意足。」

「這樣，你不是要吃虧五百了？」

「吃虧的還不止這五百。」

「還有甚麼？」

「這兩間騎樓房都是我們自己出錢間的，連油灰水在內，少說也花了我幾百塊錢。」

鍾太似乎是個心田極其善良的女人，聽了周女士的話語，總是緊蹙眉尖，對她寄予無限同情。周女士獲得鼓勵，興致愈發濃厚了，立刻加上一句：

「還有過戶費一千二，也要我來付給業主！」

鍾太撥指一算，說六千五的頂手一點也不貴，單就「間房」和「過戶」兩項來說，周女士已經吃虧兩千多了，再加上少收五百，實際祇得三千幾，所以是相當便宜了。

「我對這層樓，十分滿意。」鍾太說。「本來嘛，現在的香港很少再有收頂手的了，不過，照你這樣一算，六千五也還合乎情理。」

周女士聽了她的話，臉上立刻泛起一陣紅暈，緊張得連嘴唇都在發抖了。為了掩飾心情上的狼狽，又遞一枝香煙給她。但是剛伸出手，就發現她的那枝煙還沒有吸完，祇好尷尬地對她說：

「換一枝，換一枝。」

鍾太不好意思拒絕她的過分的殷勤，唯有接過香煙，用已經吸去一半的那枝接火，然後將煙蒂擲在痰盂裏。

「說實話，我倒很有意思租這層樓的，問題是：我還得等兩三天給你回音。」

「為甚麼？」

「因為我要等我先生回來後，帶他來看看。」

「但是，」周女士顯然有點焦急了：「除非你現在落多少定，不然，如果有別人看對了，我總不能拒絕他們。」

鍾太說：「這個沒有關係，如果有別人看對了的話，你就租給別人好了。」

周女士發呆了，雙目定睛，不知道應該處理這接近僵了的談話。暗忖：「這樣的『顧主』是不容易找的；但是她不肯落定，又有甚麼辦法？」

正在躊躇間，那位鍾太終於開始跟她兜搭了：「周小姐，我看你這人倒十分爽直，我很想跟你交個朋友。」

周女士聽了這句阿諛話語，早已將眼睇成一條縫了，笑嘻嘻的，連話都說不出來。鍾太接着又問：

「你一個人住在這裏，不覺得無聊？」

「當然會覺得無聊的。」

「無聊時作何消遣？」

「打打小牌。」

「你也喜歡打麻雀？」

「偶而玩玩。」

「那好極了，」鍾太若有所獲地說：「今後我們如果三缺一的時候，就可以來找你了。」

周女士點點頭，表示歡迎。

鍾太當即將大手袋往腋下一夾，站起身來：

「過兩三天，等我先生回來後，我帶他來看屋。」

「好的，」周女士執禮甚恭地送她到門口，還加上這麼一句：「最好能夠早些作決定。」

鍾太走後，周女士關上大門，撥轉身，十分自得地問我：

「怎麼樣？誰說這層樓頂不出去？」

我笑笑，把手裏的毛筆往硯台上一擱，故意用打趣的口吻對她說：

「既然這樣有把握，那末，召租就不必寫了。」

「不，不，」周女士連忙將筆塞在我的手中，說：「召租還是要寫的。」

我聳聳肩，繼續醮墨書寫，終於一口氣，將幾十張召租全部寫好，鬆口氣，對周女士說：

「這是苦差使，希望那位鍾太能夠早日落定。」

周女士從我手裏接過那一疊召租，先到房內去換皮鞋；然後取了槳糊缸，匆匆走出去張貼。

簡小姐走入客廳，問我：「依你看來，這層樓頂得出去不？」

「除非傻瓜，才會拿六千五出來頂這層樓。」

「剛才那位鍾太像不像個傻瓜？」

「這就很難說了。」

話雖如此，我心裏卻覺得鍾太不像是個有誠意頂屋的人，理由是：她對於周女士的條件，竟會完全沒有異議；而通常有誠意頂屋的人，對於租金頂手之類，總喜歡像街市買菜佬一般，少不免要討價還價一番的。

所以，我認為鍾太根本沒有誠意頂樓。

但是我的看法似乎並不對。第二天上午，那位鍾太居然又來了，說是回去想了一晚，對這層樓越想越滿意，所以一早就趕來，有意落些定。

「不需要等你先生回來後再作決定？」周女士問。

鍾太說：「昨天回到家裏，接到他從東京打來的電報，說是事情太忙，還要過一個禮拜才可以回港。我怕一個禮拜過後，你這裏的房子會給別人頂去，想了一晚，決定今早來落定。」

聽了這一番話，周女士高興得甚麼似的，連聲道好，還一再表示頂這層樓決不會吃虧。

「但是，」鍾太說：「我還有一些小節要跟你談談清楚。」

「甚麼？」

鍾太略一沉吟，眼珠轉呀轉的，說：「我急於趕來這裏，還沒有吃過早餐咧。這樣吧，我請你去喝茶，我們一同走到街口的那家大利咖啡館去細談。」

周女士頻頻點頭。

兩人就手挽手地走了出去。

周女士與鍾太在「大利咖啡館」的談話內容，我們當然不得而知。起先，我們以為這「談話」要不了一兩個鐘點就可以結束的，不料周女士離去後，不但中飯沒有回來吃，連晚飯時分都不見她的人影了。

「這是怎麼一回事？」妻問。

我說了一句不大好聽的話語：「也許她在跟孟珍的丈夫幽會。」

妻白了我一眼，不再說甚麼。

這一晚，周女士徹夜不歸。第二天中午，我們剛吃完中飯，她回來了。她的臉色很不好看，有點青。眼圈很黑，頭髮也是蓬蓬鬆鬆的。

「你不舒服嗎？」妻問。

她搖搖頭，嘴角邊還掛着苦澀的微笑，一邊取出香煙來，點上火；一邊作了這樣的回答：

「我在打牌，打了一個通宵。」

「你過去也常打通宵牌，回來時，總是紅光滿面的。」

「你不知道，昨天的牌可緊張哩！」

接着，周女士就將昨天的經過情形告訴妻。

原來，昨天周女士偕同鍾太到「大利」去飲茶時，先談頂樓的細節；然後談打牌。完全出乎周女士意料之外，鍾太竟自稱老千，說是祇要有個好搭檔，就可以包贏大錢。周女士聽得出神，但是對鍾太的話語似乎不甚相信。鍾太說：「如果你不信的，我可以表演一次給你看。你跟我一起下場，坐在我對家，包你常有大牌到手。」周女士閃閃眼睛，還是不大相信。於是鍾太就將她的老千手法簡單講了出來。她說她會疊牌，疊的是「梅花棟」。此種「梅花棟」，必須打三粒骰，才有效。

「為甚麼打三粒骰有效？」

「那是因為三粒骰與兩粒骰的開門方法不同，解釋起來，相當麻煩，以後有機會再教你。總之，打三粒骰的時候，無論打出來的點數是甚麼，好牌一定不是在對家，就在自己手裏。」

「萬一打錯了點數，好牌落在上下家怎麼辦？」

鍾太笑笑說：「這就是此種手法的奇妙處，好牌一經疊好，你拿我拿，都能拿到好牌，上下家拿，就絕對拿不到好牌的。」

「這是甚麼道理？」

「說穿了，實在是非常簡單的。因為梅花棟的疊法是一棟夾一棟的，如果對家或自己拿，必是早經疊成的好牌；如果上下家拿，那就是普通的閒牌子。所以，玩起來，萬無一失。」

周女士聽鍾太講述「老千經」，越聽越入神，心中暗忖：「如果早些知道這些手法，過去打牌也不必輸那麼多的冤枉錢了。」但是，她對鍾太的手法，仍有不少問題。

她不知道鍾太用甚麼方法去疊牌，因為在洗牌的時候，所有麻雀牌多數是背面朝天的。

鍾太說：「這很容易，當一手牌剛結束時，河裏所有的牌都是向天的，祇要稍加留意，就可以挑出十幾二十張好牌來了。」

周女士問：「但是疊牌的時候，那些麻雀牌已經覆轉了？」

鍾太說：「疊牌並不是每一牌都要疊的，其實，八圈牌祇要食出三幾手大牌，已經可以贏實了。」

周女士問：「即使不是每一手牌都疊；但是那些牌是覆轉的，疊牌時，很難避過另外兩家的耳目？」

鍾太說：「認牌的方法很多，最簡單是用頭油。」

周女士頗表詫異：「用頭油撥在牌的背面上？」

鍾太點點頭，說：「每一個人的頭髮上，都會搽些頭油的，當一手牌結束時，你先將河裏的牌留意一下；然後挑一些你認為可成大牌的，在洗牌時，逐張用手指暗中劃一條油印，這樣一來憑藉燈光，很容易就可認出你所需要的牌張了。然後再用「梅花棟」式疊牌，隨便誰擲骰，你的對家或者你自己一定可以拿到一手好牌。」

周女士聽了她的話語，覺得相當合理，因此對鍾太開始有了信心。

但是，她不懂鍾太為甚麼會忽然找她做搭檔。

據鍾太的解釋是這樣的：第一，鍾太原來的搭檔病倒了，不能起牀作戰；第二，昨天剛剛有兩個土頭土腦的朋友來自馬來亞，家裏很有錢，只是喜歡賭錢。

「這是一個難得的好機會，」鍾太說：「如果不是因為時間太匆促，我是不會找你搭檔的。昨天我來看屋時，聽說你也喜歡打牌，回到家裏，湊巧接到他們的電話，邀我出去吃飯。我去了，知道這是兩塊肥肉，所以今晨特地趕來找你。」

聽了這番話，周女士心裏卜通直跳，兩隻眼睛直直地楞着鍾太，說不出話。

鍾太取出香煙來，一人點上一枝，繼續用緊張的口氣對周女士說：

「我祇想請你客串一次，無意叫你一直做下去。我知道你是規矩人，對於這樣事是不屑做的。但是，這機會實在不容易獲得，所以非要你幫忙一次不可。」

說到這裏，鍾太故意頓一頓，讓周女士有時間自己去考慮。

這是一個無法抗拒的引誘，雖然是騙人的勾當；但是機會難逢，所以周女士的好奇心終於被她逗起了。

正當她在考慮的時候，鍾太又加上這麼幾句：

「祇做一次，下不為例。贏了錢，我們對分！」

「對分？」

「是的，我們兩人都下場，牌局結束後，將贏來的錢放在一起，除二，平均分配，誰也不佔便宜；誰也不吃虧。」

鍾太聽了這句話，倒也有點不好意思起來了。吸口煙，說：

「牌是你疊的，我祇不過照牌張打，用不到冒險，怎麼可以跟你平分呢？」

「關於這一點，你千萬不要客氣，因為我們祇打算合作一次，誰吃虧，誰便宜，都很有限。」

周女士咧嘴而笑了，笑得像隻鷺鷥。從這個笑容裏，鍾太知道周女士已經答應了，因此又教了她一些淺近的老千手法。

「當我叫餬的時候，或者當你叫餬的時候，我們可以互傳電報，免得辛苦做成的大牌，給上下家搶先食餬。」

「打電報？」

「這是暗號，就是憑藉暗示來使對方知道你需要的是甚麼牌。」

「這電報怎樣打法？」

「打電報至少有五十幾種方法，今天你初學，所以我祇能教你比較淺近的一種。」

「我能學得會嗎？」

「祇要你肯稍為用些心計，一定可以學得會的。」

「你講吧。」

「最容易學的一種採取說話的方式。」

「坐在牌桌上說話，他們當然也會聽到的。」

「儘管大聲講好了，不礙事的，他們絕對不會察覺話語中的含意的。如果你說話不夠大方，或者先呈露了畏縮的神情，那就很容易引起他們的疑竇而被他們察覺的。」

「請你將方法講出來罷。」

鍾太深深地吸了一口煙，兩隻眼珠子骨溜溜的一轉；然後說：

「我們假定用『電影』代表『筒』子，用『衣服』代表『索』子，用『九龍』代表『萬』子。另外，用『紅黃藍白黑』代表一二三四五，用春夏秋冬代表六七八九。」

「我開始有點明白了，」周女士說：「你必須舉幾個例給我聽。」

於是鍾太就舉個例給她聽：

「譬如我手上有一副大牌，而且已經叫餬了，一時摸不到；又不見別人打出來，如果不『打暗電』，可能會給別人搶先食餬，豈不浪費了一副好牌？在這種情形下，我就會開口了，不管我跟上家講，或者跟下家講，你必須留意諦聽。」

「你怎麼講呢？」周女士問。

「這樣，我們現在就可以來試一試，我講一句，你就猜我叫的是甚麼牌。不過，你必須牢牢記住『電影』代表『筒』子；『衣服』代表『索』子；『九龍』代表『萬』子。另外，『紅黃藍白黑』代表『一二三四五』，『春夏秋冬』代表『六七八九』。」

「我已經完全記清楚了。」周女士答。

鍾太靈機一動，立刻說出這麼一句：

「昨天我到皇后道去買東西，在龍子行看到一件藍色的羊毛衫，款式真特別！」

周女士特別留神，明知話內有意，可是因為不熟的關係，不能立刻答出來。鍾太笑瞇瞇地楞着她，給她充裕的時間去尋思。隔了很久很久，周女士才恍然大悟地說出兩個字：

「三索！」

「對極了！一點也不錯！現在讓我再試試你。」鍾太吸口煙，略微頓了頓，繼續「前些日子，皇都戲院放映的一套『夏日驚魂』你看過嗎？」

周女士想了想，答：「七筒」！

鍾太點點頭，對於周女士的進步神速，極表滿意。於是，第三次又說了這樣的話：

「九龍紅樓酒店對面有家小吃店，牛肉湯做得很香。」

周女士又想了想，答：「壹萬！」

鍾太見她頭腦如此清楚，心裏非常高興，讚了她幾句，繼續又教了她一些暗號，諸如以「福祿壽」代表「中發白」，以「小人大人老人女人」代表「東南西北」之類。

周女士顯然是個賭鬼，對於這樣的事，居然一學就會。鍾太很高興，邀她先到家裏去吃中飯，飯後打電話去找那兩個「冤大頭」來，立即開枱。

周女士問「你們打多大的？」

鍾太說：「要打，當然打大的，最少五六千輸贏，否則，也不必來這麼一套了。」

周女士一聽「五六千輸贏」，臉色倏地發青，眼睛鼓得像銅鈴一般大：

「萬一輸了，怎麼辦？」

鍾太認為用這個方法「作戰」，是萬無一失的。至於「賭本」，鍾太叫她自己設法籌三四千元。

「這錢並不是準備輸的；而是拿出來給那兩個冤大頭看的。本來賭本可以由我來籌，只因前天我匯了一筆款子到東京，所以手上祇賸五千多現款，拿出來，不像個樣子。」

聽了這幾句話，周女士有點遲疑不決了。她並非拿不出三四千塊錢，相反地，自從嫁與老趙後，每個月總有多少存入銀行的；再加上最近從孟珍的丈夫處拿到的錢，少說也有一兩萬。

問題是：既然是「包贏」的，為甚麼還要拿錢出來？

鍾太立即作了這樣的一個譬喻：

「如果想釣魚的話，沒有魚餌，怎能引誘魚兒上勾？」

周女士想了想，總覺得這件事情有點不大妥當。不過，女人多數貪小利，周女士當然不能例外，經不起鍾太一再慫恿，終於答應馬上到銀行去提款。

然後兩人雇車去鍾家吃飯，鍾太為了犒賞「新戰友」，特地到「上海店」去叫了幾樣「時菜」來。周女士初次上陣，不免有些緊張，面對幾碟可口的小菜，卻不能入咽。鍾太看出她的心事，連忙百般安慰，叫她千萬不要露出馬腳，必須保持鎮定。於是，周女士喝了半杯白蘭地。

飯後，鍾太按照「預定計劃」打電話。兩個冤大頭住在酒店裏，正感無聊，接到電話後，立刻接受鍾太的「挑戰」。

在他們尚未來到時，周女士緊張得連手都發抖了。鍾太問她：

「怕甚麼？」

她說：「我怕他們看出我們的秘密。」

鍾太板着臉，一本正經地說：「如果你不這麼緊張的話，他們是絕對不會發覺的。」

周女士問：「難道他們這樣信任你？」

鍾太說：「他們知道我的丈夫是個殷商，生意做得很大，當然不會有所疑惑的；再說，我跟他們又不是第一次見面，去年我偕同丈夫到馬來亞去談判交易時已經認識了，所以說起來，我們還是老朋友哩。」

說到這裏，有人按門鈴。周女士無端端嚇了一大跳，鍾太連忙叫她保持鎮定。

門啟開了，門外站着兩個西裝筆挺的男人。

鍾太欠身請他們入內，先作介紹；然後吩咐工人擺枱拿牌。

兩個冤大頭，西裝雖新，但舉動甚木，看起來，士氣十足。

開枱後，鍾太立使下馬威，骰子擲下，周女士竟拿到了這樣一手牌：三張「一萬」，二張「二萬」，三四萬各一，「五萬」一對，「六萬」一張，「七萬」一張，此外尚有兩張閒牌。

周女士平時常打麻將；但是一起手就拿這樣的好牌卻從未有過。她的心彷彿泵水機一般，卜通卜通直跳，以為祇要摸進兩三張「萬」子，立刻就可以叫餬了。但是，事情也真奇怪，摸了好幾圈，不但一張也摸不到；而且連上家也不見有「萬」子打出。

她是十分焦急了。

由於沒有叫餬的關係，不能打暗電。

正感焦躁不安時，鍾太摸了一張牌進去，考慮一下，慢條斯理地打開茶几上的煙盒，取出一枝煙，點上火，然後打出一張「二萬」。

「碰！」

周女士碰了「二萬」，打出一張閒牌，心忖：「隨便摸一張萬子來，就可以吊眼了。」

但是摸來摸去，摸不進「萬」子。

時間已不早，看來上下家大有叫牌的可能了。周女士再不能用偽裝的鎮定來掩飾心情的緊張了，好在上家適於此時打下了一張「三萬」，周女士忙不迭用四五萬叫進，再將另一張閒牌打出，算是叫餬了：單吊三萬。

吃三萬吊三萬，當然不能算是好牌；但是二萬已碰出，三萬靠搭較難，所以食餬的成分也不會太低。

周女士唯恐兩個冤大頭搶先食餬，當即故作鎮定地打了一個暗電給鍾太：

「九龍聽說新開了一間咖啡館，很幽靜，叫甚麼『藍天咖啡店』。」

鍾太立即呈露着笑容，訕搭着笑：「我倒沒有聽說過。但是，香港娛樂戲院樓上不是有一間藍天夜總會的，也許你記錯名字了。」

周女士連忙接口說：「可能叫『藍天使』也說不定，我的記性真壞，聽過就忘記。」

就在這時候，鍾太就打出一張「三萬」來了。

周女士立刻將牌攤下，食了一副「清一色」。

兩個冤大頭各自楞大了眼睛，心甘情願地將一大疊鈔票交與周女士。因為，星馬華僑打牌，除了在俱樂部或熟人，多數喜歡打現款，食一副，給一副錢，大家不能拖欠。

正因為如此，周女士才明白鍾太為甚麼要她到銀行去提款的理由了。

現在，周女士食了一副「清一色」，贏了不少錢，心裏也不像剛才那麼緊張了。

在最初的八個圈內，周女士牌風之順，幾乎每兩牌食一次，連她自己也感到驚詫了。鍾太則不大食餬：但是每食必屬大牌。

因此，八圈結束後，周女士大有斬獲，竟贏了兩千多塊，斜眼看看鍾太，發現鍾太也有多少贏進，據初步估計：那兩個「冤大頭」總共輸了將近三千左右。

兩個「冤大頭」看來一定相當有錢，輸了這麼多錢，不但面不改容，抑且談笑如若。

周女士本來不想繼續再打，但是鍾太似乎還不很滿足似的，非要再打八圈不可。「冤大頭」們有的是時間與鈔票，對於鍾太的提議，極表贊同。

於是，又打了八個圈。在後八圈中，周女士的牌風顯然變了，常常叫了餬，食不出。好在，鍾太食了好幾手「滿餬」，統計起來，還贏一千幾。

周女士相當心滿意足，想走，但是兩個「冤大頭」卻堅持要「打通宵」，說是時已不早，再玩八圈就天亮了。周女士不置可否，祇管用手背掩蓋在嘴前，頻頻打呵欠，藉此暗示鍾太適可而止。但是鍾太說：

「你是贏家，怎麼好意思不打？」

兩個「冤大頭」立即表示：「輸贏完全沒有關係，只是牌癮未過，很願意再玩八圈！」

周女士情面難卻，祇好勉為其難地繼續坐了下去。鍾太見她精神不濟，連忙吩咐工人煮幾杯咖啡。

咖啡喝下去，大家精神提起，結果又加多十六圈，直到第二天上午十一點才歇手。鍾太堅持留兩個「冤大頭」在家吃些點心，「冤大頭」們卻要到中環去飲茶。這樣，無異給鍾太與周女士有個分錢的機會了。等他們離去後，兩個女人各自將抽屜裏裝的現款拿出來，仔細點數，才知道總共贏了五千多。周女士分到二千六，咧着嘴，將鈔票塞入口袋，高興得彷彿剛下了蛋的母雞。

回到家裏，由於過分緊張的關係，所以臉色很難看。妻以為她病了，非常關切地詢問她，她就老老實實地將隔夜的經過情形講了出來。

妻聽了，不禁感慨繫之地說：「香港這個地方，真是無奇不有。」

周女士越想越得意，笑得見牙不見眼了。她說：「如果不是因為要將這層樓頂出的話，怎麼會遇到這麼好的機會。」

妻問：「那位鍾太是不是決定要頂？」

「她已經落了一百元定。」周女士說。

妻問：「六千五？一個斗零都不減？」

周女士聳聳肩，答：「她是一個有錢人，不在乎這些小數目。」

談話至此，妻已明白了事情的大概，趕着要進廚房去洗碗，勸周女士上牀休息。

妻將碗筷洗淨後，走進房內，將周女士講給她聽的話語，重新講述一遍。我平常很少打牌，對於周女士的「奇遇」無法作一明智的解答：觀乎香港賺錢之難，我不相信事情竟會如此簡單。

「不過，」我說：「這是人家的事，用不着我們來操心。現在，這層樓既已頂出，我們也該趁早另外找屋了。」

「但不知那位鍾太甚麼時候搬進來？」

「等周女士睡醒後，問問她。」

周女士睡得很好，鼾聲似雷，諒必是因為贏了錢，心曠神怡的關係。但是，看屋的人卻來了好幾個，周女士倦極，要我代她拒絕任何來看屋的人，說是這層樓已經頂出了。

傍晚時分，鍾太又來。我知道周女士別人不願意見，這個人卻是非見不可的。於是，我請鍾太自己走進去喚醒她。兩人嘁嘁嚓嚓的在房內談了一兩個鐘點，才見鍾太笑嘻嘻地離去。

鍾太走後，周女士一邊打呵欠；一邊懶洋洋地走出臥房。妻問她：

「鍾太來做甚麼？」

周女士伸了個懶腰，點枝煙，一連吸了好幾口；然後將話語從煙靄中吐出：

「鍾太說：那兩個冤大頭牌癮又發作了，一定要我明天再去打一場。」

「你怎樣表示？」

「我不肯答應；但是鍾太說這是千載難逢的機會，人家既然願意自投羅網，我們何不多贏幾個錢。」

「所以你終於答應了？」

「她又教了我一套贏錢的方法。」

「甚麼方法？」

周女士吸了一口煙，頓了頓，嘴角邊終於出現了一朵得意的微笑：

「剛才她教我的，比昨天那一套安全得多。」

「為甚麼？」

「因為這是用手勢來代表的，毋需開口。」

周女士將鍾太的來意講給我們聽，臉上呈露着驕矜自得的神情，言辭之間，一再替自己慶幸，彷彿「幸福」與「快樂」已經不是遠不可及的東西了。

「我相信命運，」她說：「一個人的幸福與快樂都是命裏注定的。如果不是因為要把這層樓頂出去，我怎會認識鍾太？過去，我曾經窮得連吃飯都成問題，認識老趙後，也祇解決了衣食，精神上一直得不到慰藉。如今，我已找到了對象，雖然做的是黑市夫人；但是比起長年在海上的老趙，就不知道要強多少了。再說，孟珍的丈夫是個有地位的人，愛面子，所以決不會虧待我的。」

「既然知道他不會虧待你，何必再去找橫財？」我問。

周女士怡然一笑，說：「一個人會怕錢財太多嗎？再說，孟珍的丈夫祇打算每個月負擔我兩千塊錢的生活費用，此外，他就甚麼都不管了。如果我能夠積些錢起來，買下一兩層新樓，將來上了年紀，也好不必依靠別人了。」

「所以，你決定再去打一場？」

「我不覺得有甚麼不妥的地方。」

「但是你對鍾太的過去，全無認識，總不能單憑一兩次的交往，就斷定她是好人還是壞人。」

周女士點燃一枝煙，態度十分堅定，先是閃閃眼睛，然後微微一笑，說：

「我對她有百分之百的信任。」

「為甚麼？」

「理由很簡單：如果鍾太不是一個說話有信用的人，她可以不必將贏來的錢分給我了。」

「但是昨晚你是大贏家。」

「如果不是她，我怎麼會贏？」

談到這裏，我的好奇心已獲滿足，聳聳肩，站起身，對她說了一句：

「希望你再獲大勝！」

周女士笑得見牙不見眼，那股得意的神情，彷彿鈔票已經成疊地落入她的口袋了。

第二天上午，周女士吃過早點就出街。我問她：

「到甚麼地方去？」

「去銀行。」

「存錢？還是拿錢？」

「拿錢。」

「你不是已經贏了很多錢？」

「今天打大的，所以一定要再去提些現款出來。」

「打大的？」

「鍾太說機會難逢，非贏個痛快不可。」

說罷，頭一昂，橐橐地踩着高跟鞋，屁股扭呀扭的，走了。

這一晚，周女士照例沒有回家。第二天中午，她沒精打彩的回來了，頭髮蓬鬆，顏容枯槁，同上次的情形幾乎完全一樣。

我有點好奇，問她：「贏多少？」

她並不立刻回答我，祇管目無所視的望着前面，表情呆滯遲頓。

大家默然良久。

此時，妻從廚房走出，一見周女士，忍不住脫口而出：

「贏多少？」

周女士嘆口氣，抖着聲音，說了兩個字：「輸了！」

我們同時吃了一驚，忙問：「輸多少？」

「一萬幾。」

「一萬幾？」妻瞪大了一對受驚的眼睛，問：「究竟是怎麼一回事？」

周女士眼圈微紅，臉上的頰肉在抽搐，說話時，神志似乎有點恍惚：

「奇怪，鍾太的牌疊得跟上次一樣，我幾乎每一手都拿到好牌，可是總沒有他們快。」

「他們？」

「還是上次那兩個冤大頭。」

「他們的手氣很好？」

「好得出奇！」

「鍾太不是會弄花樣的？」

「所以我就覺得這件事有些奇怪。」

聽了這些話，我們雖然不齒她的動機；倒也不能不寄予由衷的同情了。她是一個意志薄弱的女人，虛榮而物質慾強，遇到外界的引誘，當然會抵受不了的，否則，她也不會跟老趙分手的。老趙將她從困境中救出，頂了一層樓給她，還每月寄錢回來，好讓她能夠舒適地過日子。也許是日子過得太舒適了，周女士開始有了更大的野心。但是「野心」並不是一件好東西，它可以使周女士獲得了甚麼；當然也可以使她失去甚麼。如今，她在一夜之間，失去了一萬多塊錢，很沮喪，卻又沒有勇氣讓淚水流出來。

她說：「我得去問問鍾太，這究竟是怎麼回事？他們還想再打一場嗎？有沒有可能將輸去的錢贏回來？」

關於這些問題的看法，我與妻是不同的。妻認為：「鍾太既然會弄花樣，當然有辦法把錢贏回來的！」

但是我覺得事情決不會這樣簡單：「正因為鍾太會弄花樣，這錢輸了就無法拿回來了。」

周女士聽了我的話，不覺一怔，忙問：「為甚麼？」

根據我的猜測，這件事的真相可能是這樣的：

「那兩個冤大頭並非冤大頭！」

「這是甚麼意思？」周女士瞪大眼睛問。

「你第一次拿去做賭本的款子並不是魚餌，真正的魚餌是那兩個『冤大頭』的賭本。」

「我還是不明白你的話意？」

「鍾太不是好人；但是那兩個『冤大頭』也不是好人！」

「難道三個人都是串通好了的？」

「對，一點也不錯，他們三個人是串通好了的。」

「企圖騙取我一個人的錢？」

「三個人花兩個通宵就能賺到一萬多塊錢，還有比這更好的買賣嗎？」

「我……我不……不相信。」

「香港這個地方，甚麼樣的事都會發生。那鍾太必定是個專撈這一行的，藉口睇屋，設陷阱，讓那些貪小錢而略有積蓄的人跌入他們的圈套。照我看來，這一次的事，完全是有計劃的。第一次，他們以兩千塊錢為魚餌，引誘你作第二次的冒險。你嘗到了甜頭，當然不肯放棄更大的機會。人的慾望，永遠不會滿足，有了兩千，就想兩萬。第一次的小勝旨在使你對鍾太建立信心；第二次的大敗才是真正的目的。」

周女士忽然歇斯底里地狂叫起來了：「我不相信！我絕對不相信！昨夜的事是一次意外，我知道。剛才離開鍾家時，鍾太還口口聲聲對我說：『不要難過，我一定設法叫他們再打一場。』所以，我認為鍾太會有辦法將昨夜的錢找回來的。」

「昨夜，你同鍾太一共輸了兩萬多？」

「是的。」周女士沮喪地答：「我們一人一半。」

我默然不語了，因為我不願意在這個時候再給她別的刺激。按照我的看法，鍾太不但不會再找周女士去打牌；甚至連這層樓也不會要的。

最佳的證明是：鍾太走來睇屋時，根本沒有誠意。任何有誠意頂樓的人，決不會對頂費不表異議的。

所以，我認定：周女士的一萬多塊錢是無法找回的了，除非她去報警。

但是周女士不肯這樣做，她怕報警後影響到她的預定計劃。孟珍的丈夫是個非常穩健的人，除了做生意，幾乎沒有一件事不是以退為進的。周女士寧可失去一萬多塊錢；卻不能在目前失去孟珍的丈夫。為了這個緣故，她不但拒絕了我的建議；而且還不願接受我的假定。她說：「事情仍未絕望那鍾太該有個交代的。」

周女士堅信鍾太會再來找她的，但是等了一天一夜，始終不見鍾太來到，她才焦急起來了。她說：

「我去找她。」

「找她有甚麼用？」

「最低限度，我可以問問她究竟還要這層樓不？」「也好，說不定你會因此而獲得更進一步的認識。」

周女士感喟地嘆口氣，走了。尾房的箇珠說：「包租婆這下可偷雞不着蝕了一把米。」我說：「哪裏是一把米？這簡直是一把黃金了！」箇珠問：「不知道那位鍾太將怎樣向周女士解釋？」我說：「她何必解釋？再說她自己也跟周女士一樣，輸了一萬多。」箇珠說：「鍾太跟那兩個冤大頭是串通好了的。」我說：「周女士能夠提出證據嗎？提不出證據就一點辦法也沒有。除非她去報警，然而她又不願意這樣做。」於是，箇珠嘆了一口氣。我也嘆了一口氣。大家聳聳肩，各自回房。

約莫一個鐘點過後，周女士回來了，一見我，就「哇」的放聲大慟。我問她：

「找到鍾太沒有？」

她瘋狂地搖頭，哭得像個淚人。

我又問她：「鍾太不在家？」

周女士竭力壓制着內心的激盪，但是怎樣也壓不住。抽抽噎噎的，連額角上的青筋都凸了出來。淚水彷彿開了河，抹了又流，流了再抹。

我又追問一句：「是不是鍾太不在家？」

周女士一邊哭，一邊抖着聲音答：「她……她搬走了！」

聽了這句話，我不禁為之一怔，仔細一想，認為這是不可能的。我不相信那個「鍾太」為了騙取周女士的錢財，特地去租一層樓，佈置一間客廳和幾間臥室；然後等到錢財騙到手，立刻退去樓宇，並將所有家具搬出。

「這是不可能的，」我說：「一定是她不肯見你。」

周女士用手絹抹着不斷流出的淚水，說：「當我去到鍾家時，一個不曾見過面的傭人告訴我：鍾太已經搬走了。我問她鍾太搬去何處，她說她完全不知道。」

「我不相信在短短的一日一夜間，這讓屋的手續會這麼迅速就完成！」

周女士這才深深地嘆口氣，說：「不管她是真的搬走還是另有蹊蹺，我的受騙已經是千真萬確的事了！」

「你應該立刻去報警。」

周女士略一尋思，低下頭，祇說了這麼一句：「現在，祇有希望將這層樓早些頂出了。」

房子沒有頂出，卻上了別人的當，無端端損失一萬多，就周女士來說，當然是一個很大的打擊了。幸而孟珍的丈夫是個有錢人，雖然不一定會補償這一筆損失；但是周女士的生活費用，倒是不必耽憂的。

一連好幾天，周女士沒有露過笑容，老是神不守舍地坐在客廳裏，好像在懺悔；又好像在思索一個無法解答的問題。

我覺得她很可憐；又覺得這個社會太殘酷。

恰巧有一家雜誌的編者走來要我寫一個短篇，一時想不出合適的題材，索性將周女士的受騙經過寫了出來。

脫稿後，我拿給妻看。

妻說：「何必將那些欺騙手法寫得這樣詳細？」

我說：「作為一個寫小說的人，如果專門寫一些風花雪月，那就一點意思也沒有了。周女士這一次的遭遇是社會上的黑暗面，我們有義務將它揭露，並予以無情的抨擊！我這篇小說當然不是完全按照事實來寫的，其中少不免要加些所謂『手法』和『技巧』的。但是『手法』和『技巧』並不是一種虛偽的矯飾，它使讀者對作者的用意產生更強烈的反應。」

妻說：「讀者會不會誤會你在鼓勵賭博？」

我說：「寫小說而不能反映現實，實在是件非常可悲的事情，如果因為我無情地暴露騙局而指我在鼓勵賭博的話，那末『日出』的第三幕難道也在鼓勵別人去嫖妓嗎？」

妻聳聳肩，說：「我總覺得你將騙局的經過情形寫得太詳細。」

我嘆口氣，說：「我還覺得寫得不夠咧！」

妻不再作聲了，將稿子交還給我，撥轉身，拿了毛巾替莉莉去沖涼。這時，周女士進來，愁眉苦臉的要我替她寫召租。

「真急死人了，」她說：「這層樓到現在還頂不出去，日子一天近一天，眼看就要月底了。假使再沒有人來頂的話，我不但要多繳一個月大租：還得一個人死守在這裏。」

我點點頭，答應了她的要求，走入客廳，發現筆硯早已準備好了。我一邊執筆撰寫召租；一邊坦白對她說：「現在香港的樓宇不比從前了，即使是剛蓋好的新樓，也很少索取頂手的。如果你希望將這層樓早些讓給別人的話，這頂費是非減不可的。」

周女士抿着嘴，緊蹙眉尖，不停地吸煙，直至自己的臉龐被氤氳的煙霧包圍時，才問：

「減多少？」

我沒有正面回答她，祇說：「頂費的事，得看情形再作決定。」她感喟地嘆息一聲，皺皺眉，模樣甚是萎頓，顯然有點無所措置了。

召租寫好，交給她，她說了一句「這是第三次麻煩你了」，立刻拿出去張貼。

但是召租貼出後，仍不見效，看屋的人越來越少，有之，祇要一聽到「頂費」兩個字，多數聳聳肩，撥轉身就走。

尾房的簡珠終於找到了合適的房子，決定住到二十五號為止。她是一個單身女子，問題當然簡單得多，縱然有了身孕，別人還是非常歡迎的。

我們的情形就比較複雜。過去的經驗告訴我們：搬家是一件麻煩的事情。但是不搬不行，所以必須要早作準備。周女士知道簡珠已經找到了房子，心裏有一種不可言說的滋味，不斷地嘆氣，若有所失；後來聽說我們也在尋找了，這才認真地焦急起來。

「怎麼辦呢？」她說：「我這層樓恐怕頂不出去了。」

我用撫慰的口氣對她說：「不要耽心，祇要便宜些，終歸可以頂得出去的。」

「便宜些？除非根本不收頂費；否則，鬼才會出錢頂這層樓？」

「怎麼可以不收頂費？單單過戶就要一千二！」

聽了這兩句話，周女士開始大發牢騷了，說業主不講理，不該收取這麼貴的過戶費。

一氣之下，立刻過街去找業主交涉。

回來時，她的臉色非常難看。我問她：「交涉過了沒有？」她憤恚地答：「業主不在家，但是他的太太堅持不減過戶費。」我問：「她知道不知道目前的樓宇不容易頂出去？」周女士說：「跟她講，一點用處也沒有。有許多話，叫人聽了祇會生氣。」我說：「但是問題必需獲得解決的，而且時日已經不多了。」周女士點點頭，說：「今天晚上，我決定去找業主談一次。」

當天晚上，周女士第二次過街去找業主。

約莫談了一個鐘點左右，周女士垂頭喪氣地走回來，單看表情，就可以斷定「談判」並無結果。

「業主怎樣說？」

「一個斗零都不能少。」

「但是目前頂不出去，怎麼辦？」

「他說這是我的事。」

「那末乾脆把房子退回給他，讓他補償你多少，倒也可以省卻不少麻煩？事實上，他當初曾經收過你七千五頂手的，現在當然不能說這層樓完全不值一個斗零。」

周女士越想越氣惱，眼圈一紅，抽出手絹蒙住面孔，兀自走入客廳。

就在這時候，忽然有人按門鈴。我們猜想是睇屋的人，所以很替周女士慶幸。租樓或讓樓都是麻煩事，不可能一談就成；但是最低限度，祇要有人來睇，即使在極度的悲傷中，也會產生一些新希望。

但是我的猜測完全錯誤了。

一個女人的聲音，像雞叫一般，驀地劃破沉寂：

「你你你這個沒有良心的東西！我有那一點虧待你了，你要做出這樣不要臉的事來！當初，我同情你的處境，請你常到我家來走動，沒有別的意思，祇想幫你驅除寂寞，想不到你竟偷偷摸摸地跟我的丈夫勾搭起來了！」

聽語氣，才知道是周女士的「女朋友」——孟珍。

周女士聽了孟珍的詈罵，卻不回嘴，大概是自知理屈，唯有默認錯誤。

可是孟珍特地趕來，當然不是單單咒罵幾句就肯算數的。「咒罵」不過是「前奏曲」，真正的「戲肉」還在後頭。

先是重重的一巴掌，摑得周女士抽抽噎噎地啜泣起來；然後，孟珍氣勢洶洶地吩咐幾個「娘子軍」，用刀，用木棍，用鐵錘，將周女士的「閨房」完全搗毀。

這時候，我再也不能繼續寫作了，擱下筆，匆匆忙忙地走出去，勸她們不要動粗。

我從未見過孟珍，但是根據服飾和姿態，很容易就被我認出了。那是一個中年婦人。額角上已有兩三條隱約可見的皺紋，長得相當俊俏，眼角眉梢仍保留着年輕時的嫵媚。此刻，雙手插腰眼，狠巴巴地站在房門口，指揮幾個「娘子軍」從事「破壞工作」。我忙不迭將她拉入客廳，柔聲細氣地勸慰她：「有話儘管慢慢談，何必一定要動手？」

孟珍狠狠的對我一瞅，弄不清楚我是誰，卻像大河決了堤一般，嘩啦嘩啦地咆哮起來：

「你想想看，做人能不能這個樣子？她環境不好的時候，我見她寂寞，帶她到我家去，送她東西，陪她解悶還常常幫她解決經濟上的困難，她不但不感激我，竟背着我，偷偷摸摸的勾引起我的丈夫來了！」

「不會有這樣的事的，」我極力設法替周女士洗刷罪名，俾孟珍能夠平息怒氣：「我們過去雖然並不認識她；但是在這裏也住了將近一年了，對於她的為人，我們是相當清楚的。……她……她決不會做出這種事來的。」

「不會？」孟珍兩眼一瞪，暴跳如雷：「證據已經抓在我手，還說不會？」

聽了這句話，我不覺猛發一怔，忙問：「甚麼證據？」

孟珍打開手袋，取出一封信來，抖巍巍的交給我，大聲嚷：

「你拿去看！」

我接過信件，發現收信人是孟珍地丈夫，取出信箋，才知道是周女士寫的。

信上這樣寫：

「……我煩透了。如果不是因為這個世界上還有一個你，我是絕對不想再活下去了！我知道我不該貪小利；但是怎樣也想不到那兩個冤大頭會與鍾太串通好了的。他們第一次故意輸些錢給我，藉此造成我對鍾太的信任；又認定我是貪心不足的，才安排了相反的陷阱，結果讓我白白送掉一萬多塊錢。……老趙是個撐船人，賺錢不容易，這一萬多塊錢都是我省吃儉用積下來的。想不到為了想把這層樓頂出，竟會遇到這樣倒霉的事。……我煩透了。每一次想到這件事情，恨不得捉住自己一陣子揍打！現在，除了一個你之外，我已甚麼都沒有了。祇要你不變心，我當然會有勇氣繼續活下去的；否則，那就不堪設想了。……我還沒有出去看房子，因為我必須天天守在家裏等候別人來睇屋。看樣子，這層樓是很不容易頂出去的了。有人勸我減收頂費；但是過戶就要一千二，即使減，也決不能減得太多。……這幾天，我是萬念俱灰了，又不能經常跟你見面，叫我一肚子的怨懟向誰去傾訴？我曾經打過兩次電話給你，但是寫字樓的職員說你病了。我很焦急；但是我不能來看你，沒有別的理由，祇怕孟珍會察覺我們的秘密，因為她是一個非常敏感的人。……你曾經吩咐過我不要寫信給你，但是我心煩，又擔心你的病，所以冒險提起筆來，寫這封信給你。希望你早日恢復健康，幫我渡過目前的難關。我實在急死了，房子頂不出去，又被人騙去了所有的積蓄，偏偏遇着你病倒，真不知道應該怎麼辦才好？……如果可能的話，請你給我一封回信，也好讓我在最悲傷的時候獲得一絲安慰。……」

讀完這封信，才知道周女士在極度的失望中鑄成了大錯。她不該冒險寫信，尤其是當他正在病中，這信很容易落在孟珍之手。周女士不能不提防這一點；但是她竟如此糊塗。

現在，事情發生了，周女士有甚麼理由可以為自己分辯呢？

她祇有默認錯誤，讓孟珍把她當作狗般痛罵。她祇有哭的份兒；但是哭泣並不能解決問題。

我將信件交還給孟珍，嘆口氣，認為證據已在，周女士百喙莫辯了。事已至此，作為局外人的我，當然不便表示任何意見，不過，孟珍雖然有理，總不該用橫蠻的手段來對周女士。幾個女人的亂砍亂劈，顯然是越軌的；而且毫無意義。

「你應該請她們住手了。」我說。

孟珍兩眼一瞪說：「這是給她的一點小教訓！如果以後再偷偷摸摸地勾引我的丈夫，我就要她的命！」

說罷，頭一昂，像雞叫一般的下令幾個女人停止行動；然後嗤鼻哼了一聲，撇撇嘴，大踏步地走了。

一場突如其來的風波，於焉暫告平靜。周女士仍在聳肩啜泣，似有無限悲戚。我問她：

「想不想報警？」

她搖搖頭，抖着聲音說：「我真糊塗！他叫我不要寫信給他的；但是我竟會這樣糊塗！」

「事情已經做了，後悔是沒有用的。」

「怎麼辦呢？」她慢慢地抬起頭來，用悽楚的目光對我一瞅，說：「怎麼辦？孟珍的脾氣我是知道的，說得出，做得到，如果我繼續跟他來往的話，孟珍是決不會饒過我的。但是，在目前這種情形下，我絕對不能再受刺激！」

「你何必心煩呢？」

「為甚麼不？」

「依我看來，最好將這件事交給孟珍的丈夫去決定。」

「他是一個膽小鬼。」

「既然這樣，那祇好看你自己有沒有勇氣面對現實了。」

她又流淚了，低下頭，用早已濕透了的手絹蒙着眼睛。半晌過後，擤了一把鼻涕在痰盂裏，透口氣，感慨萬端地說：

「完了，一切都完了！老趙不知道在甚麼地方，那個女人又騙了我一萬多塊錢，房子一時又頂不出，如今，又發生這樣的事情，叫我今後怎樣做人？」

周女士越想越傷心，常常哭得上氣不接下氣，眼淚不斷地流，彷彿永遠流不完似的。

我遞了一枝煙給她，目的使她緊張的情緒能夠鬆弛下來。她搖搖頭，祇想繼續哭下去。

到了晚上，她依舊失神落魄地坐在客廳裏，始終不發一言，但是煙灰碟裏堆滿了煙蒂子。妻開始耽心起來，低聲悄語的對我說：

「邀她出去散散心。」

「為甚麼？」

「怕她一時想不開，會尋短見。」

妻的憂慮並非完全沒有根據；而且可能性相當大。我立即擱筆，走入客廳，問周女士：

「你還沒有吃過東西，肚餓嗎？」

她搖搖頭，依舊目無所視地望着前面。

我說：「我今天剛領到一筆稿費，她又懶得煮飯，不如這樣吧，我們一起到『鑽石』去吃餐飯，飯後到『樂聲』去看一場電影。」

她又搖了搖頭，用低若蚊叫的聲音答：「我不餓。」

我繼續慫恿她；可是她怎樣也不肯接受我的邀請。她說她沒有「玩」的心情；我說：

「船到橋頭自會直，天大的事情遲早終歸可以解決的，何必老是這樣煩惱呢？快，快去換衣服，吃一餐飯，看一場電影，先將心裏的煩悶化解了；然後再想辦法去應付當前的困難。」

周女士依舊木然板着臉，彷彿根本沒有聽到我的話語。她只是神不守舍地喃喃自語：

「我真糊塗！他叫我不要寫信給他的；但是我竟這樣糊塗。」

我抬起頭來，對站在沙發旁邊的妻看看，妻有會於心地聳聳肩，表示無可奈何。我繼續又作了一次努力；但是周女士一味責怪自己糊塗，對於我的提議，完全沒有反應。

在這種情形之下，我也無能為力了。妻的憂慮不但沒有消失；抑且逐漸加深。她覺得周女士的態度變得太快，那種恍恍惚惚的神情令人看了膽怯。

「但是事已至此，誰也幫助不了她，除非她自己。」

妻嘆口氣，走去哄莉莉睡覺。我伏在書桌上趕稿；但是腦子裏亂糟糟的，始終靜不下來。周女士依舊坐在客廳裏，一會兒劃火點煙；一會兒唉聲嘆氣；一會兒嗚咽飲泣，雖然都是輕微的聲音，卻使我陷入了極度的困擾。深夜兩點，我倦極上牀，睡後得一夢，夢見周女士服毒自殺，送院急救，因中毒太深，不治身亡。……我在睡夢中驚叫，妻用力將我推醒，睜開眼來，才知道做了一場噩夢。

「周女士呢？」我問。

妻用蚊叫的聲音答：「仍在客廳裏抽煙。」

「沒有睡？」

「看樣子，好像沒有上過牀。」

望望窗，太陽已經高高升起，我忙不迭翻身下牀，走去盥洗，因為十一點鐘還約了一個朋友在北角見面。換好衣服，妻問我：「回來吃飯不？」我搖搖頭。走到大門口，恰巧有人按門鈴。我打開小窗一看，原來是一個不相識的中年人，以為是睇屋的，連忙回過頭來請周女士自己來招呼。周女士沒精打彩地走到門背，從小窗裏望出去，忽然叫了一聲：

「亞有！」

然後打開門，用詢問的眼盯着那個名叫「亞有」的人。亞有戴一頂鴨舌帽，手上還套着皮手套，一望而知是車夫之類的人物。

「老爺在街口大利咖啡館，請你立刻就去。」他說。

周女士一聽「老爺」兩個字，臉上那股惆悵之情立即消失，手忙腳亂地搔頭拍身，顯然有些無所措置。

「還沒有洗臉咧。」

「不必洗了，老爺說是時間不多，請你馬上就去。」

周女士略一躊躇，臉上忽然呈露了苦澀的笑容，柔聲細氣的對亞有說：

「進來坐一下，用不到五分鐘，讓我換件旗袍。」

亞有搖搖頭，說：「我在樓下等你，請快些。老爺身體不大好，回頭還要到中環去看醫生。」

亞有下樓了，我也跟着下樓。

根據我的猜測，亞有嘴裏的「老爺」一定是孟珍的丈夫。

這是一個新發展，好壞未便預卜，但是最低限度可以由此找出一個答案來了。如果孟珍的丈夫願意繼續與周女士維持原有的關係，周女士的問題也就不成其為問題了；如果孟珍的丈夫有意和周女士斷絕來往的話，他也得拿出一個辦法來。

為此，我倒很替周女士高興了，不過結果如何，目前還無法猜測，不過，無論從哪一個角度來看，能夠當面談判，終歸是一個好現象。

下午兩點左右，我從北角回到家裏，不見周女士，以為「談判」仍未結束。

「她還沒有回來?」

「誰?」

「周女士。」

「回來過了。」

「談判的結果怎樣?」

「很壞。」

「孟珍的丈夫怎麼表示?」

「孟珍的丈夫甚麼話都沒有說,祇簽了一張支票給她。」

「多少錢?」

「五千。」

「周女士接受了沒有?」

「她接受了;但又將它撕得粉碎;然後怒氣沖沖地回家來,嘩啦嘩啦地哭得上氣不接下氣,一邊哭,一邊責罵自己太糊塗,不該愛上一個沒有良心的男人。」

「現在她到甚麼地方去了?」

妻聳聳肩,表示不知道。我說:

「想不到周女士也曾付出真摯的感情。」

「愛情就是這樣一件奇妙的東西，要不然，視財似命的周女士也不會毅然將一張五千塊的支票撕得粉碎。」

「唯其如此，事情就愈發麻煩了。」

「為甚麼？」

「因為，如果周女士與『他』的關係僅止於錢財與肉慾的話，問題當然簡單得多。現在，周女士一連遭受幾個打擊，再加上這情感上的挫折，後果就不堪設想了。」

妻抿着嘴，兩隻眼珠子轉呀轉的，尋思半晌，想不出答案，也就轉換一種語氣，說：

「這是人家的事，用不到我們來操心；我們自己的問題到現在還沒有解決。」

話雖如此，我的腦子裏還是一直想着周女士的處境。周女士嚐過貧窮的滋味，為了錢，嫁過老頭子；為了錢，守過活寡，如今竟能為了忠實於自己的情感而將一張五千元的支票撕碎，實在是需要一點勇氣的。

我想：她既然有勇氣撕碎支票；當然有勇氣面對現實的。

她是一個飽經滄桑的女人，對於人生的況味當然不會沒有認識。這一次的打擊雖大，但也未必不能負擔。照理，她是不會做出甚麼傻事來的。不料，周女士出街後，一直就沒有回來過。吃過晚飯，妻問我：

「不知道周女士到甚麼地方去了？」

「說不定在打牌。」

「她受了這麼多的打擊，哪裏會有心情去打麻雀？」

「也許想找些刺激。」

「如果想找刺激的話，可能又要打通宵了？」

「很有可能。」

結果，周女士果然徹夜未歸。第二天早晨，當我正在熟睡時，妻忽然用力將我推醒。我受驚地問：

「甚麼事？」

妻將日報往我面前一攤，說：「你看！」

我立刻一骨碌翻身下牀，接過日報，揉揉眼睛，開始閱讀妻指給我看的一段新聞。

先看標題，說是有個中年婦人在搭乘渡海小輪時，忽萌短見，趁人不備之際，跳海自殺。

再看內文，才知道事情發生在昨日下午三時許，企圖自殺的婦人就是周女士。

根據報上的記載：周女士並沒有死，跳海不久，就被渡輪上的船員們及時救起。至於自殺原因，則不詳。

「想不到周女士竟會……」妻說。

我認為周女士的突萌短見，只是一時想不開，如今既已被救起，當然會鼓起勇氣繼續活下去的。大凡自殺不遂的人，嚐到自殺的滋味後，就不會再想死的了。周女士的情形，諒來也不會例外。不過，就這件事情來看，周女士的出此下策，實在是因為錢財上和精神上所受的損失太大。周女士既然不能用「死」來解決一切。那末，擺在當前的問題：決不是如何去彌補這兩項損失；而是有沒有勇氣去面對。

「但不知周女士現在甚麼地方？」妻問。

我說：「也許還在醫院裏。」

「她不會有甚麼病痛吧？」

「精神上的損失一時不容易恢復。」

妻感喟地嘆口氣，說：「周女士不是一個壞人，但是她有她的弱點。」

「長時期的貧窮使她善良的本性變了質。」

「你的意思是：她並不善良？」

「她是善良的；但是無法克服自己的弱點。」

「不知道她將用甚麼態度去面對今後的問題？」

我聳聳肩，表示不容易找到答案，不過，按照我的看法：做人皆有活下去的義務，無論在怎樣困難的環境中，都得勇敢地繼續生存。自殺不但是一種懦夫的行為；而且是一種罪行。周女士的遽萌短見，實為不可饒恕的錯誤。至於今後的問題，也不是絕對沒有辦法解決的。她手頭多少還有些存款，省吃儉用，總可以維持一個時期；在這個期間，應該拋卻任何麻煩，振作精神，把生活嚴肅起來，找一份工做，用自己的勞力來養活自己。這是正途，周女士必須循此而行。

這天下午，周女士回來了，臉色非常難看，彷彿剛患了一場大病似的。

尾房的簡珠也早已看過報紙上的新聞，聽到周女士回來了，忙不迭從後邊趕出。

周女士羞愧交集，垂着頭，坐在沙發上，不言語。大家似乎都有很多問題想向她提出；但是誰也不好意思開口。

噤默了好大一陣子，周女士忽然用沙啞的嗓音，問：

「教我怎樣活下去？」

於是妻和簡珠馬上走去坐在她身旁，你一言，我一語，勸她拿出勇氣來面對現實。

「我已失去了一切，教我怎樣活下去？」

周女士僵了大半天之後，忽然迸出這麼一句，抬起頭來，睜大淚眼對大家瞅了一下；然後又急速低下頭，用濕了的手絹擦眼淚。那淚水好像永遠流不完似的，前邊擦乾；後邊又流。

「不要儘往壞處想，」妻說：「祇要拿出勇氣來面對現實，好日子還在後頭呐。」

「好日子？」周女士抖着聲音問：「我會有好日子嗎？」

於是我勸她用理智控制自己的感情，千萬不能在這個時候產生絕望的情緒。

但是周女士卻一把眼淚一把鼻涕地嚷起來：「一切都是我自己不好，我對不住老趙，他是一個老實人，他待我那麼忠實，我竟背棄了他！唉，一切都是我自己不好！我對不住他，才會得到這樣的報應！」

聽口氣，周女士似乎並不重視金錢上的損失；她所引以為憾的，亦唯「對不住老趙」罷了。既然這樣，那末問題就比較容易解決。

因此，我對她說：

「時間是治療創傷的特效藥，不要太過責備自己，過去的事已經過去，多想也不會有甚麼用處。」

周女士這才透了口氣，極力壓制着，不讓眼淚繼續流出來。簡珠趁此遞了一枝煙給她，還斟了一杯酒。情勢終於緩和下來，周女士深深地吸了一口煙，情緒漸趨平靜，悄悄的對簡珠睨了一眼，問：

「你甚麼時候搬？」

「後天。」

然後周女士回過頭去問妻：「你們呢？」

妻微笑着答：「我們還沒有找到。」

周女士眉頭一皺，臉上又蒙上一層惶惶的神情，眼睛眨呀眨的，似有無限心事。她又陷於失神的沉思中了，但仍相當鎮靜。妻抬起頭來，眼巴巴地望着我，雖然不出聲；但是我已經完全明白妻的意思了。我對周女士說：

「你不用擔心，甚麼問題都有辦法可以解決的。關於這層樓的事，我們已經替你考慮過了。以目前香港租屋的情形來看，如果你還堅持要收頂費的話，恐怕再等半年也未必能夠租得出去，而半年的大租，少說也要三千多，平白無故地送掉這筆錢，那就更加不值了。所以，按照我們的意思，你既已不願犧牲頂費；一時又無法將這層樓頂出去，那末，唯一合理的辦法是——」

周女士忽然鼓大了眼睛，對我投以詢問的凝視。

我建議周女士放棄出頂的念頭，繼續住下去。理由是：當初老趙為周女士頂這層樓時，曾經花過七千多塊錢；如今，情形不同，所有新樓皆不收頂手，還有誰願意出錢頂這一層半新不舊的樓宇。說起來，如果這是舊樓的話，租金低；而且拆建時還可以獲得一筆補償，人們當然會樂於付出頂費的；但是這並不是舊樓，必須受新樓條例的管制，暫時既不會拆建，而租金又貴，即使不收頂費，也未必立刻有人要。老趙是個長年生活在海上的人，不明白當地的情形，為了討好周女士，做了這樣一件傻事。現在，房子頂不出，又不願白白地交還業主，那麼唯一合理的解決辦法，自然是繼續住下去了。所以，我說：

「反正你終歸要找地方居住的，何必多此一舉？」

周女士略一尋思，終於同意了我的建議；不過，她說：「黃美娟已經搬走，尾房的筲珠也另外找到了房子，我若繼續住下的話，豈不是又要將那兩間房分租出去了？」

「在目前這種情形下，分租遠較召頂為易，如果你真想解決問題的話，這是唯一的辦法。」

周女士不再出聲了，表情極其呆滯，臉上蒙着一層失望感，額角的皺紋似乎更加明顯了。她的眼睛猶豫不決地轉動着，然後取出一枝煙來，啣在嘴角，久久不點火。這是一種下意識的動作，但是她不自覺。

妻是一個好心腸的女人，知道周女士沒有吃過東西，特地從廚房裏煮了一碗麥片出來，端給她。

「唉！」她感喟地嘆息一聲，說：「也衹好這樣辦了，但不知——」

她沒有把「知」字下面的話語說出來，卻用詢問的目光對簡珠瞟了一下。簡珠已經明白她的意思，含笑盈盈的對她說：

「如果你決定不頂出去的話，我也可以不搬的。」

周女士的眼圈紅了，噙着感激之淚，連忙用手絹蓋住眼睛，說是有灰塵掉在裏面了。

於是事情就這樣決定了，周女士吃了麥片，回房休息去。

第二天早晨，周女士開始有了笑容，走進來求我幫她寫召租。

召租貼出後，一連兩天沒有人來看。周女士不免焦急起來，要我替她擬個稿子，決定到「星島晚報」去刊登分類廣告。

廣告刊出，立刻來了一對中年夫婦，帶着七個孩子，丈夫右手抱一個，左手拉一個，妻子也是如此，另外背後還有三個比較大的。

周女士看到這一大堆孩子，早已心冷了。當那個中年男人問他租金多少時，她故意將租金說的特別高。中年男子一聽，立刻怒紅了臉，厲聲疾氣地說周女士存心在打劫。周女士一點也不生氣，笑嘻嘻地送他們出去，執禮甚恭。

「為甚麼將租金提得這麼高？」妻問。

周女士說：「一層樓住了這麼七個孩子，還能獲得片刻的安靜嗎？」

妻笑笑，覺得周女士的情緒已經逐漸恢復正常了。其實，周女士的事，祇要情緒正常，其他的一切都不成問題。自從周女士從醫院回來後，除了買餸，簡直可以說是沒有出過街。她不再打牌了；也不再為了感情上的事而陷於難挹的困難。她看來比過去堅強得多，整天坐在客廳裏等別人來「睇房」。

睇房的人不算少，但是條件總是談不攏。

一天下午，忽然來了一個阿飛型的男子，年紀很輕，約莫二十幾歲，身材魁梧，體格茁強，鬈頭髮，寬肩膀，單看外表，很像一個運動員。

「這裏有房出租？」他問，操着不十分流利的國語。

周女士閃目對他打量，點點頭；然後用懷疑的口吻胳問他：

「你們幾個人？」

「一個。」

「就是你一個？」

「不錯。」

「但是這裏祇有一間騎樓連房出租，一個人居住似乎大了一點。」

「可不可以讓我進去看看？」

「可以，當然可以。」

於是周女士拉直大門，引他進來。他走入空房，數了數柚木地板的呎度，又走到窗邊去張望；最後含笑盈盈地走到周女士面前，問：

「租金多少？」

「兩佰。」

「需要按金嗎？」

「一個月上期，一個月按金。」

那人沉吟了半晌，舉目對四周掃了一圈，點點頭，毅然決然地說：

「好，租給我吧！」

說着，從口袋裏掏出一張紅底，交給周女士，作為落定。周女士在寫收據之前，少不免要向他提出幾個問題。

「請問貴姓？」
「我姓李，我叫李亞九。」
「職業？」
「我是來讀書的。」
「請問在那一間學校肄業？」
「暫時還沒有決定。」

聽了他的答話，周女士倒有點躊躇起來了，雖然收下他的一百元，還三步兩腳地趕來找我，問我能不能將房子租給他。我反問她：「怕甚麼？」周女士悄聲答：「他是一個單身漢。」我用打趣的口吻問：「你自己也是個單身婆。」她正正臉色，說：「別開玩笑。」我說：「你不妨向他索取證件看看，就可以知道他是不是好人了。」周女士說：「好的，我去問他要證件，請你代我寫一張收據，他叫李亞九，落一百元定。」說罷，周女士婀婀娜娜地走到鄰房去了。一會，又拿了李亞九的護照給我看。原來李亞九是英籍民，沙勝越的土生華僑，父親是那邊的樹膠商。

「有了這個證明，就可以不必多疑了。」我說。

周女士高興極了，認為能夠有個單身男人來租這間騎樓房，實在是非常理想的。她將收據交給李亞九，問他：「甚麼時候搬來？」亞九的回答祇有兩個字：「明天。」

這樣，周女士的問題總算解決了。大家恢復原有的情緒，暫時不必為房屋的事再傷腦筋。

第二天中午，李亞九搬來了，沒有家具，祇有一隻小網籃，一隻竹籐製的書架和兩隻四方凳。此外，還有五副大小不一的舉重杠。

周女士見到這種情形，閃眼對我一瞅，我明白她的意思，卻忍不住笑了出來。稍過些時，李亞九將東西安置妥當，氣喘吁吁的從房內走出，付與周女士三百元，連同昨天繳過的定洋，剛好是一個月上期和一個月按金。周女士又叫我代寫租單，不過，對於李亞九的「家具」，一再表示詫異。

租單寫好，周女士忍不住問亞九：

「李先生，你雖然是一個人，但是沒有家具總不大方便。」

亞九笑笑，答：「我的家具都在這裏了。」

「為甚麼不到家具店去租一套？」

「我不打算在香港長住。」

「那末，無論怎樣，牀是不能缺少的。」

亞九聳聳肩，說：「我在南洋睡慣了地板，不喜歡睡牀。」

「天氣轉涼了，睡地板總不大舒服？」

「沒有問題。」

說着，亞九挪步出街了，剛到門口，回過頭來要周女士給他大門鑰匙，說是可能要到深夜過後才能回來。

自從李亞九搬來後，我們這層樓的悲劇氣氛終於一掃而光。他是一個非常有活力的男人，每晚出外，必至深夜回家，但起身極早，天沒有亮，就可以聽到他的歌聲了。他的歌，唱得並不好，然而嗓子相當嘹亮。他會唱的歌種類很多：從「快樂家庭」到「教我如何不想他」，從歌劇到時代曲，從意大利歌到馬來歌，幾乎樣樣都會，只是樣樣不精。比較起來，作為一個經常的聽眾，我認為他的「夜半歌聲」，似乎還順耳。

他對於歌唱顯然有着特殊的愛好，幾乎隨時隨地非唱不可，不但沖涼時必唱；甚至讀書看報時也唱，有時候，如果興致特別好，吃飯時也得學幾句貓王或馬莉奧蘭莎。

他是馬莉奧蘭莎的崇拜者；可是又自稱「南洋貓王」。唯其如此，他的歌聲才會經常的不絕於耳。莉莉對他的歌聲倒是相當感興趣的；但是除了莉莉外，全層樓的其他四個人，無不一聽到他的歌聲立刻就感到頭痛。

「這是一個怪物！」簡珠說。

周女士也有同感，只是看在鈔票份上，不敢作露骨的表示，祇說：

「幸而他出街的時候比較多，要不然，真是不勝其擾了。」

提到「出街」，妻忽然想起一個問題：「奇怪，這人每晚必外出，不知道到甚麼地方去？」

「也許在讀夜校。」簡珠說。

妻搖搖頭，說：「讀夜校也不至於要讀到深夜過後才可以回家。」

「那末，他究竟每晚在外邊做些甚麼呢？」周女士問。

「很簡單，」我說：「他是有錢人家的子弟，從小嬌生慣養，一旦離開家門，還肯安份嗎？」

「你的看法是——」

「照我看來，名義上他是從遙遠的沙勝越走來讀書的；實際上，卻拿了父母寄來的學費，在跳舞廳裏追求快樂。」

三個女人聽了我的猜測，皆不同意，認為跳舞也要厭的，總不能風雨無阻的晚晚去跳。我說：「唱歌也會唱乾喉嚨的；但是幾時聽他唱厭了？」

大家聳聳肩，不肯完全相信我的推斷。

但是不到半個月，李亞九忽然從外邊帶了一個女人回來，在房內大唱其時代曲，興致極好。沒有人知道李亞九帶回來的女人是誰，也沒有人追究；不過，藉此一端，我們可以斷定亞九的私生活並不嚴肅。大凡華僑子弟，說是回港求學，一離開家門，多數會抵受不了聲色的引誘的。要他們專心啃書本，實在不容易做到。李亞九本性不壞，只是心思比較野些。

有一天，亞九出街未回，我們集齊客廳，閒着無聊，就拿亞九作為話題了。周女士說亞九拿了父母的錢，不肯好好讀書，將寶貴的光陰浪費在舞廳裏，未免太可惜。當時，我們對於周女士的看法，完全同意，唯有簡珠獨表異議。她細聲說了這樣一句：

「他太寂寞了。」

這是簡珠第一次對亞九的評語，雖然那麼簡短，已經使我們迴味無窮了。我開始注意簡珠的談吐，常常發現她有祖護亞九的嫌疑。我頗覺好奇；認為簡珠對亞九可能會發生好感。

我將我的看法告訴妻，妻認為這種可能性並不大。

但是過了三天，妻忽然悄悄的對我說：「亞九昨晚跟簡珠在『樂聲』看電影。」

「你怎麼會知道？」

「是周女士親眼見到了，回來講給我聽的。」

「怪不得簡珠昨晚回來得這麼遲。」

由此證明我最初的觀察完全是正確的，否則，像簡珠這樣一個內向性的女人，決不會在別人面前無緣無故祖護一個毫不相干的男子。

又過了些時日，妻對我說：「簡珠的無名指上忽然多了一隻鑽戒，很可能是亞九送的。」

「訂婚？」

「不一定是訂婚；但是最低限度是一種特殊的表示。」

「難道亞九不知道簡珠已有身孕？」

「我相信簡珠一定會將自己的過去詳細講給亞九聽。」

「亞九肯原諒她過去的錯誤嗎？」

「如果他真心愛簡珠的話，不但應該原諒她；而且應該對她的遭遇寄予同情才對。」

換一句話說，亞九與簡珠的關係顯然又邁進了一步。簡珠依舊常在言辭之間袒護亞九的行為；而亞九也不再遲歸了。他依舊隨時隨地大唱其歌；但是除了糾正遲歸的陋習外，還買了一隻柚木牀。

亞九買牀，在我們看來，實在是一樁大新聞。妻說：「這是愛情的偉大處，它可以使一個從小睡慣地板的人，忽然改睡柚木牀了！」

除此之外，我們還發現簡珠開始恢復敷脂抹粉了。周女士的這層樓終於充滿盎然的喜劇空氣。

簡珠與李亞九的「接近」，已成公開秘密，周女士與我們早已察覺；但是他們兩人還以為我們不知。在家裏的時候，他們裝作若無其事的樣子，見面時，連招呼都不打。不過，從亞九的歌聲中，我們知道他倆的感情已相當不錯。亞九開始專唱抒情歌了，諸如「我的心屬於你」或者「愛情是一件多采多姿的東西」之類，柔聲細氣的，放棄大聲高叫的作風。

另一方面，簡珠的一舉一動也有了極其顯著的變化，她開始敷脂抹粉，開始縫製新衣，開始收聽音樂唱片。

妻說：「這是一個意想不到的發展。」

我說：「唯有這樣，才是最好的發展。簡珠是個善良的女性，由於一時的糊塗，上了葉新的當，難道非要她付出一輩子的幸福不可嗎？」

「但願他們有個好收場。」

「簡珠已經受過一次打擊，決不能再受第二次。祇要亞九能夠原諒她的錯誤，兩人都能得到快樂。」

「亞九不像是個聰明的孩子。」

「愛情的奇妙處就在這種地方，它可以使一個聰明人變成愚蠢；同時也可以使一個愚者變成聰明人。」

「我很替簡珠高興。」

自從我們搬入這層樓居住後，一連看到了幾齣悲劇：馮士銘的死，黃美娟的自甘墮落，簡珠的受騙，周女士與老趙的離異，周女士的上當和自殺……凡此種種，都是令人感到沮喪的事。如今，一件像早春的萌芽似的喜事形成了，能不令人寄予興奮的希望？

周女士跟我們一樣熱心，常常故意在亞九面前說簡珠好；又在簡珠前說亞九好。這樣做，雖然不一定能夠產生決定性的作用；但是多少總還有些幫助。

因此，隔不到一個月，簡珠知道事情再也不能隱瞞，竟愁眉苦臉地走來找我們，坦白說出這樣一個消息：

「他的父親不答應！」

妻聽了這句話，不覺猛發一怔，忙問：「亞九自己的意思怎樣？」

簡珠眉頭一皺，忽然聳肩啜泣了。

我問她：「是不是亞九不肯違背他父親的意向？」

簡珠抖着聲音說：「亞九很好，當他接到來信後，立刻表示：這是他自己的事，應該由他自己來作主！」

「既然這樣，何必還要擔心？」

「因為，」簡珠抽抽噎噎地說：「我不願意亞九為了我而跟家裏鬧翻！」

簡珠的看法顯然是錯誤的。如果她有決心與亞九結婚的話，就不必過分考慮上一代的意向。理由很簡單：她嫁的是亞九；並不是亞九的父親，祇要亞九肯付出真摯的代價，其他的一切，皆不成問題。

但是她很善良，她認為亞九從小嬌生慣養；而且目前還不能自立，如果跟家裏鬧翻後，日子就不容易熬了。

「我自己倒無所謂，」她說：「亞九是吃不來苦的。」

周女士對簡珠說：「如果我是你，我根本就不考慮這些問題。」

「愛情並非米飯，有些現實問題不能不加考慮。」

但是我認為：「考慮得太多，往往會一事無成。」

簡珠依舊猶豫不決，但是不再飲泣了。經過這一次談話後，簡珠與亞九的事情已經不是秘密。他們雖然沒有合住一個房間，但也不必避人耳目。

這一層樓的空氣遠較過去為融洽，甚至連周女士也不再愁容滿面了。

有一天，忽然有一個工人模樣的男人走來找周女士。

周女士並不認識他，不敢請他進來。他在門外作了這樣的自我介紹：

「我姓黃，我叫黃阿狗，住在九龍紅磡街M街四十九號四樓，是老趙的朋友。」

聽說是「老趙的朋友」，周女士立刻恍然大悟了。當時，老趙跟她離婚時，曾經寫過一封信給她，在信上，老趙擔心她的生活費用沒有着落，要她到這位黃阿狗處去拿錢，拿了，由老趙歸還。

於是，周女士忙不迭打開大門，執禮甚恭地請他進來。坐定後，周女士笑嘻嘻地敬茶遞煙。黃阿狗呷了一口茶，從衣袋裏掏出一封信，說：

「老趙從丹麥寄來兩封信，一封給我；這一封是給你的。」

「信上說些甚麼？」

黃阿狗當即先將老趙寫給他的信遞給周女士。信上這麼說：

「……我在倫敦的時候，在朋友處看到幾張香港出版的報紙，才知道周美玲（我的前妻）竟從渡海小輪上跳入海中，企圖自殺。報上並沒有說出她為甚麼要自殺；但是根據我的猜想，一定是因為離婚後，生活沒有着落。其實離婚是她的意思，我是一直愛她的；祇要她肯跟我復合，任何問題都可以解決的。我寫了一封信給她，請你便中去看她一次。……」

周女士讀完老趙寫給黃阿狗的信後，驀地感到一陣刻骨的悲酸，眼淚就像荷葉上的露水一般，從眼角滾下來。黃阿狗想勸慰她幾句，卻又不知語從何起，沒有辦法，祇好掏出另外一封信來，遞與周女士。

「這是他寫給你的。」黃阿狗的聲音像蚊子叫。

周女士伸出抖巍巍的手，將信件接了過來，剛拆開，視線就被淚水遮去。

當着生人的面哭哭啼啼，實在是一件非常尷尬的事情。周女士竭力壓制自己的情感，用手絹拭乾淚水；然後蒙在鼻尖上，「庫」的一聲，擤了一把鼻涕。

打開老趙的來信，信上這樣寫：

「……從報紙上看到你自盡的消息，我心裏非常難過。我不知道你為甚麼要突萌短見，但是猜想起來，當然不外是兩種原因：（一）情感上受的挫折太大；（二）生活無法維持。其實，這兩個問題都是不成其為問題的；如果你肯回心轉意的話。一個人做錯了事，後悔是一點用處也沒有的，唯一解決辦法：必須拿出勇氣來面對現實。美玲，你應該知道我還是愛你的，祇要你肯跟我生活在一起，幸福的日子很快就會來臨。……」

讀過這封信，周女士忽然怔住了，只楞楞地望着前面，不哭，不動，也不說話。來客見到她這樣的表情，頗感詫異了，噤默好大一陣子，才說：

「老趙是個好人。」

「我知道。」

「他還是愛你的？」

周女士悽楚地點點頭，淚水就像泉水般湧出。

黃阿狗牽牽嘴角，笑了。這是極其高貴的笑容，非常純潔，不含一絲雜意。

「我即刻就去打電報。」他說。

「為甚麼？」

「讓他坐飛機回來。」

「不，用不着這麼急，坐飛機很貴的，何必浪費？」

黃阿狗略一沉吟，認為周女士的意見也對，當即站起身，說：「老趙明天就到挪威了，你自己打個電報給他吧。」接着，從口袋裏掏出一張白紙來，寫了幾行字，交與周女士：「這是挪威分公司的地址，電報打到那邊，公司裏的職員會轉給他的。」

周女士接過地址，黃阿狗起身，告辭，臨走時，又掏出一張五百元紙，塞在周女士手裏。周女士怎樣也不肯接受；但是黃阿狗一定要她收下。

黃阿狗的突然來訪，如同春天一般，使周女士的心田上，重新滋生新芽。當天下午，周女士就到中環去打了一個電報給老趙，回來時，紅光滿面，興奮得如同剛下了蛋的母雞。

我問她：「老趙會不會搭乘飛機回來？」

她忽然含羞了，低着頭，臉頰脹得通紅，彷彿第一次談戀愛的少女一般，怯怯地答：

「我還不知道。」

「老趙回來後，是不是打算到沙勝越去？」

「這一切都該由他作主。」

說罷，周女士笑了，我也忍不住哈哈作笑。妻抱着莉莉剛從房內走出，見到我們笑，也湊在一道笑了起來。李亞九仍在房內大聲高唱：「愛情是一樣多采多姿的東西」。……

全層樓瀰漫着喜悅的氣氛，誰也不記得痛苦是怎麼一回事。

為了替周女士慶祝「愛情的歸來」，妻邀請大家到「麗宮」去吃晚飯。周女士起先還推三推四，但是經不起我們一再慫慂，終於接受了。

也許周女士的喜悅感動了李亞九和簡珠，在「麗宮」吃飯的時候，這位善於唱歌的年青人忽然站起身來，用嘹亮的嗓子向大家宣佈：

「簡珠與我決定明天到婚姻註冊署去登記！」

大家聽了這句話，沒有不感到興奮的。我立刻向夥計要了一瓶香檳，三個女人個個笑得抿不攏嘴。

飲酒時，我對周女士說：「再過半個月，你又要貼召租了。」

周女士似乎還聽不懂我的話意，問：「為甚麼？」

我說：「簡珠跟李先生結婚後，難道還住兩間房嗎？」

周女士這才恍然大悟了，格格作笑起來，笑得前俯後仰。

簡珠也不甘示弱，含嬌半嗔地對我說：

「你不要開心，麻煩的事還在後頭咧！」

我微微怔了一怔，聳聳肩，斂住笑容，問：「甚麼麻煩事情？」

簡珠說：「趙先生回來後，準會搬到沙勝越去的，到那時，你們又要另外找屋子。」

我當即舉起手杯，說：「今天是好日子，應該痛痛快快喝幾杯！關於找房子的事，以後再傷腦筋罷！」

（全文完）

香港住屋浮世繪

——劉以鬯《香港居》編後記

東瑞

劉以鬯的長篇《香港居》，二零一六年七月首次由香港獲益出版事業有限公司出版成單行本。

《香港居》最早以連載形式發表於香港《星島晚報》，時為一九六零年七月十七日，迄今已經超過半個世紀。令人感動和驚訝的是，儘管時間過了那麼久，香港的居屋狀況雖然發生了巨大的變化，但「香港居，大不易」的問題依然存在，只是其內容已經完全不同了，因此，從研究香港居屋問題、居屋文化的發展軌跡這個角度和意義來說，劉以鬯先生這本書提供了至少五十年代到七十年代中期三四十年間香港居屋狀況的形象資料，富有相當的社會認知價值。這與《島與半島》反映一九七二年至一九七三年香港金融風暴下的經濟危機一樣，都是研究香港本土文學不可或缺的重要文學作品。

《香港居》書名源於「長安居，大不易」。唐朝大詩人白居易在未滿二十歲時，曾經拿着自己的詩文去謁見顧況，顧況以其名戲之曰：「長安百物貴，居大不易。」劉先生活用這個典故，將地名改了，非常巧妙，已經沒有當年顧況開玩笑的意味，但香港居的的確確是「大不易」的。尤其是從上世紀八十年代到本世紀這十來年，香港樓價猶如斷線的風箏一路飆升。人們談樓色變，大學畢業生成家後無法立業（解為物業）。因此《香港居》的面世，很有意義，讓今天的人們進入《香港居》一書內，看一看當時的民生是怎樣的，不失為有意義。

《香港居》以第一人稱「我」的視角來書寫，這個「我」的職業是「寫稿人」，為好幾家報館所約，每天需要寫好幾個專欄供給報館刊用或連載。除了「我」之外，還有我的「妻」和一個年紀幼小的女兒莉莉。「我」一家憑着稿酬維持生活，「我」寫稿需要一個較安靜的環境。一家人就為「住」的問題輾轉港九，先是從三房客變成二房東，再從二房東恢復到三房客身份。《香港居》裏的「我」的身份很接近劉以鬯先生。這也縮短了與讀者的距離感，我們讀來感到很親切，劉先生在書寫的時候，也有其方便之處。

《香港居》故事的特別在於，找屋、租房難不純粹是租金的高低問題，更重要的是「業主、二房東和三房客」三者相處的關係和涉及到的利害關係問題。《香港居》恰恰就以此為重要中心，將「不斷找屋、租屋、搬屋」與「同一屋簷下」人與人的相處時出現的問題交纏在一起，而這種「相處」和「交往」又呈現不單純甚至複雜的局面。在劉先生筆下，「我」幾次的租屋，接觸了一個又一個人物，基本上分為四家，第一家為潘承富、周小瓊（潘太）、徐玉珍、徐玉香；第二家為謝春生、莎梨、啤仔；第三家為章泉、傅立珍、金玉花、麥剛、趙先生、南茜、陳含英；第四家為周美玲（趙太）、馮士銘、黃美娟（馮太）、簡珠、葉新、孟珍、鍾太太、李亞九、黃阿狗……他們中有業主、二房東、三房客、舞女、大老闆、文員、華僑學生等等，他們以「同屋居」成為幾個「群組」（小說內）的人，像走馬燈似的在「我」身邊、眼前走過。幾乎每一個人都有故事，這些故事大多數與不太正常的男女關係、婚姻、金錢、愛情有關，堪稱香港居屋的浮世繪。

《香港居》具有幾方面的特點。一是真實。全書總共分七章。「我」一家只是搬了兩三次家。劉先生五十年代從南洋回香港後，曾經經歷過香港居屋之難，因此寫起香港「居屋」文化自然是相當熟悉，寫來相當逼真。同一屋簷下小人物的悲喜，作者寫來傳神生動。例如馮士銘的慘死、周女士的自殺等讀來都頗為驚心動魄。鍾太太夥同兩個同夥出老千騙周女士的經過，更寫得滴水不漏，緊張曲折。那些打麻將的老千手法，就寫得具體深入。二是簡潔。《香港居》基本上用對白推展情節。劉先生的對白寫得相當好，除了推展情節，還有助於刻畫人物的個性。三是「我」這個人物的設置很有意思，其所起的作用也與一般小說裏的單純敘述角不同。「我」除了擔任小說故事的敘述者之外，也作為小說人物之一介入故事裏，而且舉足輕重。四是富於情節性。劉先生是講故事、編故事的好手，雖然在當時連載小說都是「現炒現賣」，但從小說中看不到那種「趕」的痕跡。人物性格鮮明，情節脈絡分明。這不能不佩服他。

《香港居》在劉以鬯先生出版了十幾部重要作品後才第一次以單行本出版的面目與讀者見

面。看來原屬於劉先生「娛樂讀者」的作品，與《吧女》類似。如今讀來，我們覺得《香港居》《吧女》等等都屬於香港文學裏的嚴肅作品。《香港居》裏「我」和「妻」正直善良，對眾多人物身上的真善美品質及人性中假惡醜、貪婪、寡情等等劣根性都有所褒貶。從技法來說，採取的是深入淺出、雅俗共賞的大眾喜聞樂見的形式，比較起那些沒有時代氣息，沒有社會價值的商品文學，顯然高很多層次的。因此「娛樂自己」和「娛樂讀者」其實只是劉以鬯對自己創作的簡單劃分和嚴格要求。這使我們想到古今中外的不少文學作品，最初是被當着流行的、大眾的文學作品，在漫長歲月的考驗和淘洗中，漸漸轉換和改變了身份的層次和低俗的宿命，走上了文學的大殿堂。

最後，我們想說的是，《香港居》一書的出版必須感謝劉以鬯太太，也要感謝獲益的蔡瑞芬，劉以鬯的書都是她主動邀稿出版的。近年劉先生不少新書的出版，其原稿都不易尋覓。沒有保存的，需要到各大圖書館尋找，保存的往往又壓在家裏書堆最底下。如果不是劉太太羅佩雲女士的努力，劉以鬯先生的書列裏，實在會少了一些精彩，劉以鬯的粉絲會少了很多好書閱讀，而香港文學的長廊裏就會少了重量級的作品。

二零一六年六月